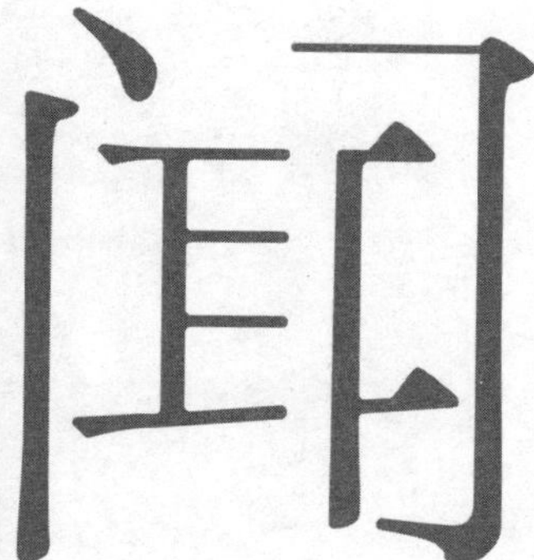

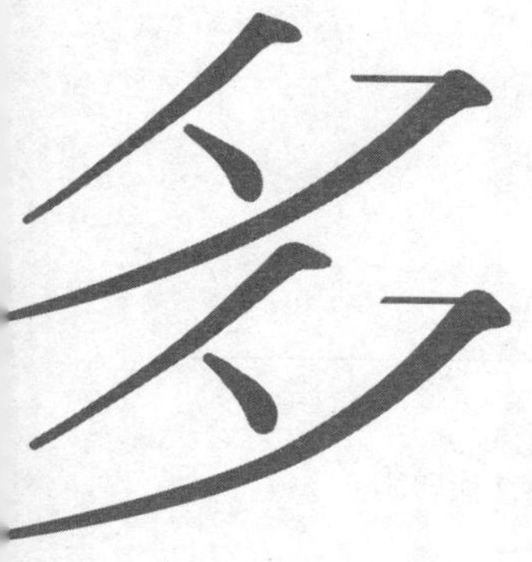

闻一多作品精选

名家作品精选

闻一多 著

WENYIDUO

长江出版传媒 | 长江文艺出版社

图书在版编目（CIP）数据

闻一多作品精选 / 闻一多著. -- 武汉 : 长江文艺出版社， 2019.11（2024.8 重印）
（名家作品精选）
ISBN 978-7-5702-1073-2

Ⅰ. ①闻… Ⅱ. ①闻… Ⅲ. ①中国文学－现代文学－作品综合集 Ⅳ. ①I216.2

中国版本图书馆 CIP 数据核字（2019）第 189288 号

责任编辑：李　艔　　孙晓雪　　　　责任校对：毛季慧
封面设计：沐希设计　　　　　　　　责任印制：邱　莉　　杨　帆

出版：长江出版传媒 | 长江文艺出版社
地址：武汉市雄楚大街 268 号　　　邮编：430070
发行：长江文艺出版社
http://www.cjlap.com
印刷：三河市百盛印装有限公司

开本：640 毫米×970 毫米　　1/16　　印张：16.25
版次：2019 年 11 月第 1 版　　　　2024 年 8 月第 2 次印刷
字数：177 千字

定价：58.00 元

目　录

唐诗杂论

诗与批评

书　信

诗歌

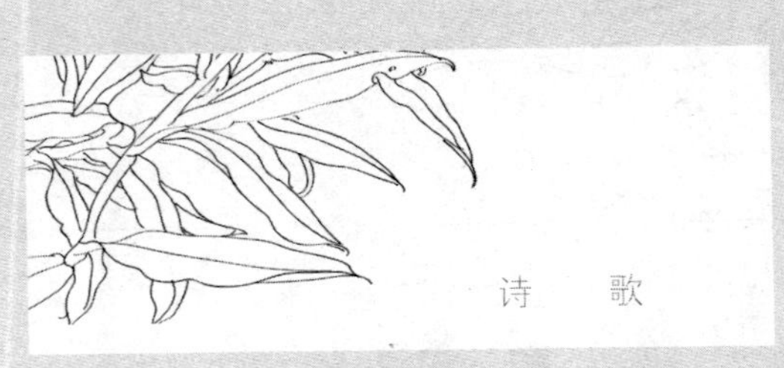

诗　歌

红　烛

蜡炬成灰泪始干

——李商隐

红烛啊！
这样红的烛！
诗人啊！
吐出你的心来比比，
可是一般颜色？

红烛啊！
是谁制的蜡——给你躯体？
是谁点的火——点着灵魂？
为何更须烧蜡成灰。
然后才放光出？
一误再误；
矛盾！冲突！
红烛啊！
不误，不误！
原是要“烧”出你的光来——

这正是自然底方法。

红烛啊！
既制了，便烧着！
烧罢！烧罢！
烧破世人底梦，
烧沸世人底血——
也救出他们的灵魂，
也捣破他们的监狱！

红烛啊！
你心火发光之期，
正是泪流开始之日。

红烛啊！
匠人造了你，
原是为烧的。
既已烧着，
又何苦伤心流泪？
哦！我知道了！
是残风来侵你的光芒，
你烧得不稳时，
才着急得流泪！

红烛啊！
流罢！你怎能不流呢？

请将你的脂膏，
不息地流向人间，
培出慰藉底花儿，
结成快乐的果子！

红烛啊！
你流一滴泪，灰一分心。
灰心流泪你的果，
创造光明你的因。

红烛啊！
“莫问收获，但问耕耘。”

死 水

这是一沟绝望的死水，
清风吹不起半点漪沦。
不如多扔些破铜烂铁，
爽性泼你的剩菜残羹。

也许铜的要绿成翡翠，
铁罐上锈出几瓣桃花；
再让油腻织一层罗绮，
霉菌给他蒸出些云霞。

让死水酵成一沟绿酒，
飘满了珍珠似的白沫；
小珠们笑声变成大珠，
又被偷酒的花蚊咬破。

那么一沟绝望的死水，
也就夸得上几分鲜明。
如果青蛙耐不住寂寞，
又算死水叫出了歌声。

这是一沟绝望的死水，
这里断不是美的所在，
不如让给丑恶来开垦，
看他造出个什么世界。

忆　菊

——重阳前一日作

插在长颈的虾青瓷的瓶里，
六方的水晶瓶里的菊花；
攒在紫藤仙姑篮里的菊花；
守着酒壶的菊花，
陪着螯盏的菊花：
未放，将放，半放，盛放的菊花。

镶着金边的绛色的鸡爪菊；
粉红色的碎瓣的绣球菊！
懒慵慵的江西腊哟；
倒挂着一饼蜂窠似的黄心，
仿佛是朵紫的向日葵呢。
长瓣抱心，密瓣平顶的菊花；
柔艳的尖瓣攒蕊的白菊
如同美人底蜷着的手爪，
拳心里攫着一撮儿金粟。
檐前，阶下，篱畔，圃心底菊花：
霭霭的淡烟笼着的菊花，

丝丝的疏雨洗着的菊花，——
金底黄，玉底白，春酿底绿，秋山底紫，……
剪秋萝似的小红菊花儿；
从鹅绒到古铜色的黄菊；
带紫茎的微绿色的、真菊，
是些小小的玉管儿缀成的，
为的是好让小花神儿
夜里偷去当了笙儿吹着。

大似牡丹的菊王到底奢豪些，
他的枣红色的瓣儿，铠甲似的
张张都装上银白的里子了；
星星似的小菊花蕾儿
还拥着褐色的萼被睡着觉呢。

啊！自然美底总收成啊！
我们祖国之秋底杰作啊！
啊！东方底花，骚人逸士底花啊！
那东方底诗魂陶元亮
不是你的灵魂底化身罢？
那祖国底高登高饮酒的重九
不又是你诞生底吉辰吗？
你不像这里的热欲的蔷薇，
那微贱的紫萝兰更比不上你。
你是有历史，有风俗的花。
啊！四千年的华胄底名花呀！

你有高超的历史，你有逸雅的风俗！

啊！诗人底花呀！我想起你，
我的心也开成顷刻之花，
灿烂的如同你的一样；
我想起同我的家乡，
我们的庄严灿烂的祖国，
我的希望之花又开得同你一样。

习习的秋风啊！吹着，吹着！
我要赞美我祖国底花！
我要赞美我如花的祖国！
请将我的字吹成一簇鲜花，
金底黄，玉底白，春酿底绿，秋山底紫，……
然后又统统吹散，吹得落英缤纷，
弥漫了高天，铺遍了大地！

秋风啊！习习的秋风啊！
我要赞美我祖国底花！
我要赞美我如花的祖国！

七子之歌

邶有七子之母不安其室。七子自怨自艾，冀以回其母心。诗人作《凯风》以愍之。吾国自尼布楚条约迄旅大之租让，先后丧失之土地，失养于祖国，受虐于异类，臆其悲哀之情，盖有甚于《凯风》之七子。因择其与中华关系最亲切者七地，为作歌各一章，以抒其孤苦亡告，眷怀祖国之哀忱，亦以励国人之奋兴云尔。国疆崩丧，积日既久，国人视之漠然。不见夫法兰西之 Alsace-Lorraine① 耶？“精诚所至，金石能开。”诚如斯，中华“七子”之归来其在旦夕乎？

澳　门

你可知“妈港”不是我的真名姓？……
我离开你的襁褓太久了，母亲！
但是他们虏去的是我的肉体。
你依然保管着我内心的灵魂。
三百年来梦寐不忘的生母啊！

① Alsace-Lorraine，指法国阿尔萨斯-洛林地区，曾割让给德国，1919 年依据《凡尔赛和约》归还给法国。

请叫儿的乳名，叫我一声“澳门”！
母亲！我要回来，母亲！

香　港

我好比凤阙阶前守夜的黄豹，
母亲啊！我身份虽微，地位险要。
如今狞恶的海狮扑在我身上，
啖着我的骨肉，咽着我的脂膏；
母亲啊！我哭泣号啕，呼你不应。
母亲啊！快让我躲入你的怀抱！
母亲！我要回来，母亲！

台　湾

我们是东海捧出的珍珠一串，
琉球是我的群弟，我就是台湾。
我胸中还氲氤着郑氏的英魂，
精忠的赤血点染了我的家传。
母亲，酷炎的夏日要晒死我了：
赐我个号令，我还能背城一战。
母亲！我要回来，母亲！

威海卫

再让我看守着中华最古的海，

这边岸上原有圣人的丘陵在。
母亲，莫忘了我是防海的健将，
我有一座刘公岛作我的盾牌。
快救我回来呀，时期已经到了。
我背后葬的尽是圣人的遗骸！
母亲！我要回来，母亲！

广州湾

东海和硇州是一双管钥，
我是神州后门上的一把铁锁。
你为什么把我借给一个盗贼？
母亲，你千万不该抛弃了我！
母亲呀！让我快回到你的膝前来，
我要紧紧的拥抱着你的脚髁。
母亲！我要回来，母亲！

九　龙

我的胞兄香港在诉他的苦痛，
母亲呀，可记得你的幼女九龙？
自从我下嫁给那镇海的魔王，
我何曾有一天不在泪涛汹涌！
母亲，我天天数着归宁的吉日，
我只怕希望要变作一场空梦。
母亲！我要回来，母亲！

旅顺，大连

我们是旅顺，大连，孪生的兄弟，
我们的命运应该如何的比拟？——
两个强邻将我们来回的蹴踢，
我们是暴徒脚下的两团烂泥。
母亲，归期到了，快领我们回来。
你不知道儿们如何的想念你！
母亲！我们要回来，母亲！

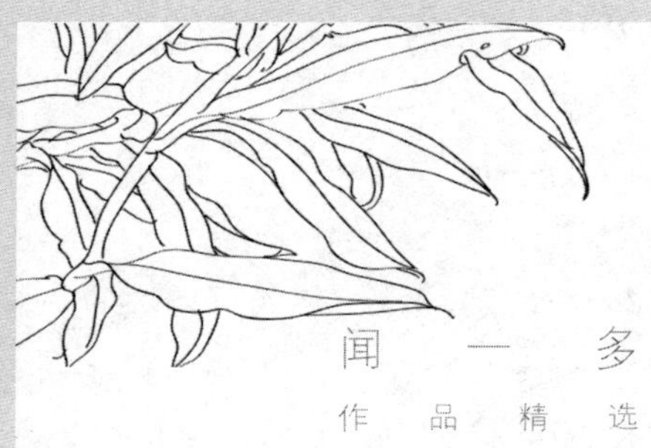

闻 一 多

作 品 精 选

神话与诗

神话与诗

人民的诗人

——屈原

古今没有第二个诗人像屈原那样曾经被人民热爱的。我说“曾经”，因为今天过着端午节的中国人民，知道屈原这样一个人的实在太少，而知道《离骚》这篇文章的更有限。但这并不妨碍屈原是一个人民的诗人。我们也不否认端午这个节日，远在屈原出世以前，已经存在，而它变为屈原的纪念日，又远在屈原死去以后。也许正因如此，才足以证明屈原是一个真正的人民诗人。惟其端午是一个古老的节日，“和中国人民同样的古老”，足见它和中国人民的生活如何不可分离，惟其中国人民愿意把他们这样一个重要的节日转让给屈原，足见屈原的人格，在他们生活中，起着如何重大的作用。也惟其远在屈原死后，中国人民还要把他的名字，嵌进一个原来与他无关的节日里，才足见人民的生活里，是如何的不能缺少他。端午是一个人民的节日，屈原与端午的结合，便证明了过去屈原是与人民结合着的，也保证了未来屈原与人民还要永远结合着。

是什么使得屈原成为人民的屈原呢?

第一，说来奇怪，屈原是楚王的同姓，却不是一个贵族。战国是一个封建阶级大大混乱的时期，在这混乱中，屈原从封建贵族阶级，早被打落下来，变成一个作为宫廷弄臣的卑贱的伶官，所以，官爵尽管很高，生活尽管和王公们很贴近，他，屈原，依然和人民

一样，是在王公们脚下被践踏着的一个。这样，首先在身分上，屈原是属于广大人民群众的。

第二，屈原最主要的作品——《离骚》的形式，是人民的艺术形式，“一篇题材和秦始皇命博士所唱的《仙真人诗》一样的歌舞剧”。虽则它可能是在宫廷中演出的。至于他的次要的作品——《九歌》，是民歌，那更是明显，而为历来多数的评论家所公认的。

第三，在内容上，《离骚》“怨恨怀王，讥刺椒兰”，无情地暴露了统治阶层的罪行，严正地宣判了他们的罪状，这对于当时那在水深火热中敢怒而不敢言的人民，是一个安慰，也是一个兴奋。用人民的形式，喊出了人民的愤怒，《离骚》的成功不仅是艺术的，而且是政治的，不，它的政治的成功，甚至超过了艺术的成功，因为人民是最富于正义感的。

但，第四，最使屈原成为人民热爱与崇敬的对象的，是他的“行义”，不是他的“文采”。如果对于当时那在暴风雨前窒息得奄奄待毙的楚国人民，屈原的《离骚》唤醒了他们的反抗情绪，那么，屈原的死，更把那反抗情绪提高到爆炸的边沿，只等秦国的大军一来，就用那溃退和叛变的方式，来向他们万恶的统治者，实行报复性的反击（楚亡于农民革命，不亡于秦兵，而楚国农民的革命性的优良传统，在此后陈胜吴广对秦政府的那一著上，表现得尤其清楚）。历史决定了暴风雨的时代必然要来到，屈原一再地给这时代执行了“催生”的任务，屈原的言，行，无一不是与人民相配合的，虽则也许是不自觉的。有人说他的死是“匹夫匹妇自经于沟壑”，对极了，匹夫匹妇的作风，不正是人民革命的方式吗？

以上各条件，若缺少了一件，便不能成为真正的人民诗人。尽管陶渊明歌颂过农村，农民不要他，李太白歌颂过酒肆，小市民不要他，因为他们既不属于人民，也不是为着人民的。杜甫是真心为着人民的，然而人民听不懂他的话。屈原虽没写人民的生活，诉人民的痛苦，然而实质的等于领导了一次人民革命，替人民报了一次仇。屈原是中国历史上唯一有充分条件称为人民诗人的人。

屈原问题

——敬质孙次舟先生

一

不久以前，在成都，因孙次舟先生“闯了一个祸”①，久不听见的文学史问题争论战又热闹过一阵。在昆明不大能见到那边的报纸和刊物，所以很少知道那回事的。但孙先生提出的，确乎是个重要问题，它不但属于文学史，也属于社会发展史的范围，如果不是在战时，我想它定能吸引更广大的，甚而全国性的热烈的注意。然而即使是战时，在适当的角度下，问题还是值得注目的。

孙先生说屈原是个“文学弄臣”，为读者的方便，我现在把他的四项论证，叙述如下。

（一）《史记》不可靠。司马迁作《屈原传》，只凭传说，并没有“史源”，所以那里所载的屈原事迹，都不可靠（论证从略）。

（二）战国末年纯文艺家没有地位。孙先生认为文人起于春秋战国间，那时政论家已经取得独立的社会地位，纯文艺家则没有。这情形到战国末年——屈宋时代，还是一样，就是西汉时也还没有多

① 指著名古典文学专家孙次舟于1944年成都诗人节（当年的瑞午节）提出屈原是“弄臣”，引起学界争论。

大改变，所以东方朔、郭舍人、枚皋一流人都“见视如倡”，司马相如虽有点政治才能，仍靠辞赋为进身之阶（一多案：也得仰仗狗监推荐!），甚至连司马迁都叹道“固主上所戏弄，倡优蓄之”。孙先生又说，经过西汉末扬雄、桓谭、冯衍等的争取，文人的地位，这才渐见提高，到东汉，史书里才出现了《文苑传》。

（三）以宋玉的职业来证屈原的身分。从《高唐》《神女》《登徒子好色》三赋里，孙先生证明了宋玉不过是陪着君王说说笑笑，玩玩耍耍的一个“面目佼好，服饰华丽的小伙子”，态度并且很不庄重。而司马迁明说宋玉是“祖屈原之从容辞令”的，那么，屈原当日和怀王在一起的生活情形，也便可想而知了。

（四）《离骚》内证。孙先生发现战国时代有崇尚男性姿容和男性的姿态服饰以模拟女性为美的风气，他举墨子《尚贤篇》：“王公大人，有所爱其色而使”，“今王公大人，其所富，其所贵，皆王公大人骨肉之亲，无故富贵，面目好美者也”，和荀子《非相篇》：“今世俗之乱君，乡曲之儇子，莫不美丽妖冶，奇衣妇饰，血气态度，拟于女子”等语为证。他说，作为文学弄臣的男性，正属于这类，而屈原即其一例。《离骚》中每以美人自拟，以芳草相比，说“昭质未亏”，说“孰求美而释女”；又好矜夸服饰，这都代表着那一时的风气。《离骚》据孙先生看，当作于怀王入秦以前，是这位文学弄臣，因与同列（靳尚之流）争宠，遭受谗言，使气出走，而年淹日久，又不见召回，以致绝望而自杀时的一封绝命书。他分析其内容，认为那里“充满了富有脂粉气息的美男子的失恋泪痕”：

众女嫉余之蛾眉兮，谣诼谓余以善淫。（后宫弄臣姬妾争风吃醋）

初既与余成言兮，后悔遁而有他。（男女情人相责的口吻）

余既不难夫离别兮，伤灵修之数化。（眷恋旧情，依依不舍）

汩余若将不及兮，恐年岁之不吾与。——惟草木之零落兮，恐美人之迟暮。——老冉冉其将至兮，恐修名之不立。——及年岁之未晏兮，时亦犹其未央。（顾惜青春，惟恐色衰）

心犹豫而狐疑兮，欲自适而不可。（旁人劝他自动回宫，他依然负气，不肯服软）

苟中情其好修兮，又何必用夫行媒？（自想请人疏通，恐怕也是枉然）

曾歔欷余郁邑兮，哀朕时之不当，揽茹蕙以掩涕兮，霑余襟之浪浪。（但知自伤命薄，做出一副女儿相）

闺中既已邃远兮，哲王又不寤，怀朕情而不发兮，焉能忍与此终古！（终以热情难制，决定自杀）

至于篇中所以称述古代的圣主贤臣，孙先生以为，那还是影射怀王对他宠信不终，听信谗言，乃至和他疏远那一连串事实的。“因为屈原和怀王有一种超乎寻常君臣的关系”，他说，“所以在《离骚》中多有暧昧不清的可作两面解释的辞句”。但他确是一个“天质忠良”“心地纯正”，而且“情感浓烈”的人，不像别人，只一意地引导着君王欢乐无度，不顾“皇舆之败绩”，他——屈原，是要让怀王欢乐而不妨国政，以期“及前王之踵武”的。然而他究竟是一个“富有娘儿们气息的文人”。孙先生还申斥道：“‘无能的’把事情闹糟，即使能够知耻的以死谢国人，那也逃不了孔子‘自经于沟渎’是‘匹夫匹妇之谅也’的严正批评的。”总之，他“是文人发展史上一个被时代牺牲了的人物”（因为男色的风习，在古代中国并不认为是不道德的）。但我们也不应因此就“剥夺他那《离骚》在文学史上的地位”。

二

述完了孙先生的话，我还要讲讲关于他如何提出这问题，和我个人如何对它发生兴趣的一些小故事。本年九月间，朱佩弦先生从成都给我一封信，内附孙次舟先生的一篇文章，题作《屈原是“文学弄臣”的发疑（兼答屈原崇拜者）》，是从成都《中央日报》的《中央副刊》剪下的。信上说，在本年成都的“诗人节”纪念会上，孙先生提出了这问题，立时当地文艺界为之大哗，接着就向他发动围攻，直到最近，孙先生才开始公开抵抗，那便是这篇文章的来由。佩弦先生还说到他自己同情孙先生的意思。后来他回到昆明，我们见着便谈起这事，我问他还记不记得十几年前，我和他谈到孙先生类似的意见，他只摇摇头（十几年是一个太长的时间，我想）。这里让我打一个岔。就在本年暑假中，我接到某官方出版机关一封信，约我写一本《屈原传》一类的小书，我婉词谢绝了，读者此刻可以明白我当时的苦衷吧！好了，前几天佩弦先生又给我送来孙先生的第二篇文章，在这篇《屈原讨论的最后申辩》的附白中，孙先生转录了李长之兄给他通信里这样一段话：“昔闻一多先生亦有类似之说，以屈原与梅兰芳相比。”本来我看到孙先生第一篇文章时，并没有打算对这问题参加讨论，虽则心里也会发生过一点疑问：让孙先生这样一个人挨打，道义上是否说过得去呢？如今长之兄既把我的底细揭穿了，而孙先生也那样客气地说道：“闻一多先生大作如写成，定胜拙文远甚”（这仿佛是硬拖人下水的样子，假如不是我神经过敏的话）。这来，我的处境便更尴尬了，我当时想，如果再守口如瓶，岂不成了临阵脱逃吗？于是我便决定动笔了。

然而我虽同情孙先生，却不打算以同盟军的姿态出马，我是想来冒险作个调人的。老实说，这回的事件并不那样严重，冲突的发生只由于一点误会。孙先生以屈原为弄臣，是完全正确地指出了一桩历史事实，不幸的是，他没有将这事实在历史发展过程中所代表的意义，充分地予以说明，这，便是误会之所由发生吧！我以为，事实诚然有些讨厌，然而不先把意义问个水落石出，便一窠蜂地拥上来要捣毁事实，以图泄愤，这是文艺界朋友们太性急点，至于这时不赶紧宣布意义，让意义去保护事实，却只顾在事实的圈子里招架，也不能不说是孙先生的失策。其实事实讨厌，意义不一定讨厌。话说穿了，屈原在文学史上的地位，不惟不能被剥夺，说不定更要稳固，到那时，我相信我们的文艺界还要欢迎孙先生所指出的事实，岂只不拒绝它？

三

除一部分尚未达到奴隶社会阶段的原始民族外，全人类的历史便是一部奴隶解放史。在我们的历史上，最下层的离开贵族（奴隶领主）最远的农业奴隶，大概最先被解放。次之是工商业奴隶。在古代自足式的社会里，庶民的衣食器用都不必假手于人，所以在民间，工商是不成其为独立职业的。只养尊处优的贵族们，才需要并且能够豢养一群工商奴隶，给他们制造精巧的器具，采办珍奇的货物。商处于市井，是在贵族都邑的城圈内的，工处于官府，简直在贵族家里了。这两种奴隶被解放的时期的先后，便依他们所在地离开贵族的远近而定，但比起农人来，可都晚得多了。

但解放得最晚的，还是帖紧的围绕着主人身边，给主人充厮役，听差遣，供玩弄，和当清客——总而言之，在内廷帮闲的奴隶集团。

这其间所包括的人物，依后世的说法，便有最狎昵的姬妾幸臣，最卑贱的宫娥太监，较高等的乐工舞女和各色技艺人才，以及扈从游宴的“文学侍从之臣”等等。论出身，他们有的本是贵族，或以本族人而获罪，降为皂隶，或以异族人而丧师亡国，被俘为奴，或以出国为“质”，不能返国，而沦为臣妾，此外自然也有奴隶的子孙世袭为奴隶的。若就男性来讲，因为本是贵族子弟，所以往往眉清目秀，举止娴雅，而知识水准也相当高。从此我们可以明白，像这样的家内奴隶（包括孙先生所谓“文学弄臣”在内），身分虽低，本质却不坏，职事虽为公卿大夫们所不齿，才智却不必在他们之下。他们确乎是时代的牺牲者，当别的奴隶阶层（农、工、商）早已获得解放，他们这群狐狸、兔子、鹦鹉、山鸡和金鱼，却还在金丝笼和玻璃缸里度着无愁的岁月，一来是主人需要他们的姿色和聪明，舍不下他们，二来是他们也需要主人的饲养和鉴赏，不愿也不能舍弃主人。他们不幸和主人太帖近了，主人的恩泽淹灭了他们的记忆，他们失去自由太久了，便也失去了对自由的欲望。他们是被时代牺牲了。然而也被时代玉成了。玲珑细致的职业，加以悠闲的岁月，深厚的传统，给他们的天才以最理想的发育机会，于是奴隶制度的粪土中，便培养出文学艺术的花朵来了。没有弄臣的屈原，哪有文学家的屈原？历史原是在这样的迂回中长成的。

四

更重要的是奴隶制度不仅产生了文学艺术，还产生了“人”。本来上帝没有创造过主人和奴隶，他只创造了“人”，在血液中，屈原和怀王尤其没有两样（他们同姓），只是人为的制度，把他们安排成那可耻的关系。可是这里“人定”并没有“胜天”，反之，倒是人

的罪孽助成了天的意志。被谗、失宠和流落，诱导了屈原的反抗性，在出走和自沉中，我们看见了奴隶的脆弱，也看见了“人”的尊严。先天的屈原不是一个奴隶，后天的屈原也不完全是一个奴隶。他之不能完全不是一个奴隶，我们应该同情（那是时代束缚了他）。他之能不完全是一个奴隶，我们尤其应该钦佩（那是他在挣脱时代的束缚）。要了解屈原的人格，最好比较比较《离骚》和《九辩》。

伏（服）清白以死直兮，固前圣之所厚。

虽体解吾犹未变兮，岂余心之可惩？

不量凿以正枘兮，固前修以菹醢。

《九辩》里何曾发过这样的脾气！尤其那两篇的结尾——一边是

已矣哉！国无人莫我知兮，又何怀乎故都？

既莫足与为美政兮，吾将从彭咸之所居！

一边是

愿皇天之厚德兮，还及君之无恙！

那坚强的决裂，和这“临去秋波那一转”，是多么有讽刺性的对照！我同意孙先生从宋玉的身分里看屈原的身分，但我不相信从宋玉的人格里找寻到屈原的人格，因此我不同意孙先生的“以情推度”，说“若《高唐赋》《神女赋》这类的作品屈原当也写了不少”。

我也不十分同意孙先生只称许一个“无质忠良”“心地纯正”和“忠款与热情”的屈原。这些也许都是实情，但我觉得屈原最突出的品性，无宁是孤高与激烈。这正是从《卜居》《渔父》的作者到西汉人对屈原的认识。到东汉，班固的批评还是“露才扬己，怨怼沉江”和什么“不合经义”，这里语气虽有些不满，认识依然是正确的。大概从王逸替他和儒家的经术拉拢，这才有了一个纯粹的“忠君爱国”的屈原，再经过宋人的吹嘘，到今天，居然成了牢不可破的观念。可是这中间，我记得，至少还有两个人了解屈原，一个是那教人“痛饮酒，熟读《离骚》，便可称名士”的王孝伯，一个是在《通鉴》里连屈原的名字都不屑一提的司马光，前者一个同情的名士，后者一个敌意的腐儒，都不失为屈原的知己，一个孤高激烈的奴隶，决不是一个好的奴隶，所以名士爱他，腐儒恨他。可是一个不好的奴隶，正是一个好的“人”。我在孙先生的第二篇文章里领教过他的“火气”哲学，十分钦佩。如今孙先生察觉了屈原的“脂粉气”而没有察觉他的“火气”，这对屈原是不大公平的。

五

孙先生承认“陪着楚王玩耍或歌舞的人物，有时要诙笑嫚戏，有时也要出入宫廷，传达命令”。既然常传达命令，则日子久了，干预政治，是必然之势。既有机会干预政治，就可能对政治发生真实的兴趣。“天质忠良”“心地纯正”的屈原，为什么对当时的政治，不是真心想“竭忠尽智”呢？孙先生说屈原的“上称帝喾，下道齐桓，中述汤武”，与孔孟之称道古帝王不同，“他的着重点都只在怀王对他宠信不终，而听信谗言，疏远了他这一种为自己身上的打算上”。我只知道圣人也是“三月无君，则皇皇如也”的，为什么孔孟的称道古帝王是完全为别人打算，屈原的称道就完全为自己呢？并且什么古代圣主贤臣，风云际会，打得火热的那一套，也不过是

当时的老生常谈而已，除老庄外，先秦诸子哪一家不会讲？何只孔孟？

孙先生大概认定弄臣只是弄臣，其余一切，尤其国家大事，便与他们无干，所以不相信《史记》里那些关于屈原政治生活的记载。《史记·屈原传》未必全部可靠，正如《史记》的其它部分一样，但那不能不说是“事出有因”。孙先生说它没有“史源”，许是对的。但说是“史源”便可靠，是“传说”便全无价值，却不尽然。依我看来，倒是官方或半官方式的“史源”可靠的少，而民间道听途说式的“传说”，十有八九是真话。你不能专从字面上读历史，《史记·屈原传》尽管是一笔糊涂账，可是往往是最糊涂的账中泄露了最高度的真实。从来“内廷”和“外廷”的界限就分不清楚，屈原是个文学弄臣，并不妨碍他是个政治家。从“赘婿”出自的淳于髡，不正是个“滑稽多辩”的文学弄臣吗？如果孙先生不又抹煞“传说”的话，淳于髡不也曾带着“黄金千镒，白璧十双，车马百驷”，为齐使赵，而得到成功吗？因此，我们又明白了，“滑稽多辩”是弄臣必需的条件，也是使臣必需的条件，正如作为辞赋起源的辞令，也就是那人臣们“使于四方”用以“专对”的辞令，“登高能赋”是古代“为大夫”的资格，也合了后世为弄臣，为使臣的资格，弄臣使臣，职务虽然两样，人物往往不妨只有一个。也许正因屈原是一个“博闻强志……娴于辞令”的漂亮弄臣，才符合了那“出则接遇宾客，应对诸侯”的漂亮外交家的资格。战国时代本不是一个在传统意义下讲资格，讲地位的时代，而是一个一切价值在重新估定的时代，那年头谁有活动的能力，便不愁没有活动的机会。讲到身分，苏秦张仪也够卑贱的，然而不妨碍他们致身卿相，然则在另一属性上身分也是卑贱的屈原，何以不能做三闾大夫和左徒呢？在屈原看来，从来倒是“肉食者鄙”，而你看，奴隶群中却不断站起了辉煌的人物：

说操筑于傅岩兮，武丁用而不疑，
吕望之鼓刀兮，遭周文而得举，
宁戚之讴歌兮，齐桓闻以该辅。

屈原，自己一个文化奴隶，站起来又被人挤倒，他这段话真是有慨乎言之啊！一个文化奴隶（孙先生叫他作“文学弄臣”）要变作一个政治家，到头虽然失败，毕竟也算翻了一次身，这是文化发展的迂回性的另一方面。

六

中国文学有两个截然不同的传统，一个是《诗经》，一个是《楚辞》，历来总喜欢把它们连成一串，真是痴人说梦。《诗经》不属本文的范围，姑且不去管它。关于《楚辞》这传统的来源，从来没有人认真追究过，对于它的价值，也很少有正确的估计。我以为在传统来源问题的探究上，从前廖季平先生的《离骚》即秦博士的《仙真人诗》的说法，是真正着上了一点边儿，此外便要数孙先生这次的“发疑”贡献最大。像孙先生这样的看法，正如上文说过的，我从前也想到了。但我以为光是这样的看法，并不能解决《离骚》全部的问题，质言之，依孙先生的看法，只可以解释这里面男人为什么要说女人话，还不能解释人为什么要说鬼话（或神话）。自“驷玉虬以乘鹥兮，溘埃风余上征”以下一大段，中间讲到羲和，望舒，飞廉，雷师，讲到虙妃，有娀，有虞二姚，整个离开了这个现实世界，像这类的话，似乎非《仙真人诗》不足以解释（当然不是秦博士的《仙真人诗》，屈大夫为什么不也可以作这样的诗呢!)。关于这点的详细论证，此地不能陈述。总之，我不相信《离骚》是什么绝命书，我每逢读到这篇奇文，总仿佛看见一个粉墨登场的神采奕奕，潇洒出尘的美男子，扮演着一个什么名正则，字灵均的"神仙中人"说话（毋宁是唱歌）。但说着说着，优伶丢掉了他剧中人的身分，说出自己的心事来，于是个人的身世，国家的命运，变成哀怨和愤怒，火浆似的喷向听众，炙灼着，燃烧着千百人的心——这时大概他自己也不知道是在演戏，还是骂街吧！从来艺术就是教育，但艺术效果之高，教育意义之大，在中国历史上，这还是破天荒第一次。

《诗经》时代是一个朴质的农业时代，《三百篇》的艺术效果虽低，但那里艺术与教育是合一的。到了战国，商业资本起来了，艺术遂随着贵族生活的骄奢淫逸，而与教育脱节，变成了少数人纵欲的工具，因之艺术工作者也就变成了为少数人制造这种工具的工具。这现象在《诗经》时代是没有的。屈原的功绩，就是在战国时代进步的艺术效果之基础上，恢复了《诗经》时代的教育意义，那就是说，恢复了《诗经》时代艺术的健康性，而减免了它的朴质性。从奴隶制度的粪土中不但茁出了文学艺术，而且这文学艺术里面还包含着了作为一切伟大文学艺术真实内容的教育意义，因此，奴隶不但重新站起来做了"人"，而且做了"人"的导师。《离骚》之堪"与日月争光"，真能如孙先生所说，是"汉以还人误解"了吗？

七

总上所述，我们可以知道孙先生的误会，是把事实看到了头，那便是说，事实本是先有弄臣，而后变成文人（而且不是一个寻常的文人!)，孙先生却把它看成先有文人，而后变成弄臣。这一来，真是“失之毫厘，谬以千里”了！依我们的看法，是反抗的奴隶居然挣脱枷锁，变成了人，依孙先生的看法，是好好的人偏要跳入火坑，变了奴隶，二者之间，何啻天渊之隔！没有人愿做奴隶，没有人愿看着好好的人变成奴隶，更没有人愿看见他自己的偶像变成奴隶，所以依照孙先生指出的事实，加上他的看法，文艺界对他群起而攻之，是极自然的现象，反之，假如他们不这样做，那倒可怪哩！

我曾经深思过，以孙先生的博学和卓识，何以居然把事实看倒了头呢？恕我不敬，我的解答是下面这一连串东西：士大夫的顽固的道德教条主义——统治阶级，剥削阶级的优越感——封建生产关系的狭隘性的残余意识，因为上述的这些毒素，因为压迫者对于被压迫者的本能的嫌恶，孙先生一发现屈原的那种身分，便冒火。他是“嫉恶如仇”的，所以要“除恶务尽”，他的正义感使他不问青红皂白，看见奴隶就拳打脚踢，因此他虽没有把一切于屈原有利的都否认了，他确乎把一切于他有损的都夸大了。“缺少屈原也没来头……即使我真是‘信口开河’……也不应得什么罪过”，他还说。先生！这就是罪过。对奴隶，我们只当同情，对有反抗性的奴隶，尤当尊敬，不是吗？然而摧残屈原的动机是嫌恶奴隶，救护屈原的动机也是嫌恶奴隶啊！文艺界也是见奴隶就冒火的，所以听人说屈原是奴隶就冒火。为了嫌恶奴隶，他们与孙先生是同样的勇敢，因为在这社会制度下，对于被压迫者，人人都是迫害狂的病患者啊！

我们当怎样估计过去的每一个伟大的艺术家呢？高尔基指示我们说，应该从两方面来着眼，一方面是作为“他自己的时代之子”，一方面就是作为“一个为争取人类解放而具有全世界历史意义的斗争的参加者”。我们要注意，在思想上，存在着两个屈原，一个是“竭忠尽智，以事其君”的集体精神的屈原，一个是“露才扬己，

怨怼沉江”的个人精神的屈原。在前一方面，屈原是“他自己的时代之子”，在后一方面，他是“一个为争取人类解放……的斗争的参加者”。他的时代不允许他除了个人搏斗的形式外任何斗争的形式，而在这种斗争形式的最后阶段中，除了怀沙自沉，他也不可能有更凶猛的武器，然而他确乎斗争过了，他是“一个为争取人类解放而具有全世界历史意义的斗争的参加者”。如果我也是个“屈原崇拜者”，我是特别从这一方面上着眼来崇拜他的。

三十三（1944）年十二月　昆明

什么是九歌

一　神话的九歌

传说中九歌本是天乐。赵简子梦中升天所听到的“广乐九奏万舞”，即《九歌》与配合着《九歌》的韶舞。(《离骚》“奏九歌而舞韶兮”)《九歌》自被夏后启偷到人间来，一场欢宴，竟惹出五子之乱而终于使夏人亡国。这神话的历史背景大概如下。《九歌》韶舞是夏人的盛乐，或许只郊祭上帝时方能使用。启曾奏此乐以享上帝，即所谓钧台之享。正如一般原始社会的音乐，这乐舞的内容颇为猥亵。只因原始生活中，宗教与性爱颇不易分，所以虽猥亵而仍不妨为享神的乐。也许就在那次郊天的大宴享中，启与太康父子之间，为着有仍二女（即“五子之母”）起了冲突。事态扩大到一种程度，太康竟领着弟弟们造起反来，结果敌人——夷羿乘虚而入，把有夏灭了。(关于此事，另有考证。) 启享天神，本是启请客。传说把启请客弄成启被请，于是乃有启上天作客的故事。这大概是因为所谓“启宾天”的“宾”字（《天问》“启棘宾商”即宾天,《大荒西经》“开上三嫔于天”，嫔宾同)，本有“请客”与“作客”二义，而造成的结果，请客既变为作客，享天所用的乐便变为天上的乐，而奏乐享客也就变为作客偷乐了。传说的错乱大概只在这一点上，其余部分说启因《九歌》而亡国，却颇合事实。我们特别提出这几点，是要指明《九歌》最古的用途及其带猥亵性的内容，因为这对于下文解释《楚辞·九歌》是颇有帮助的。

二　经典的九歌

《左传》两处以九歌与八风，七音，六律，五声连举（昭二十年，二十五年），看去似乎九歌不专指某一首歌，而是歌的一种标准体裁。歌以九分，犹之风以八分，音以七分……那都是标准的单位数量，多一则有余，少一则不足。歌的可能单位有字，句，章三项。以字为单位者又可分两种。（一）每句九字，这句法太长，古今都少见。（二）每章九字，实等于章三句，句三字。这句法又嫌太短。以上似乎都不可能。若以章为单位，则每篇九章，连《诗经》里都少有。早期诗歌似乎不能发展到那样长的篇幅，所以也不可能。我们以为最早的歌，如其是以九为标准的单位数，那单位必定是句——便是三章，章三句，全篇共九句。不但这样篇幅适中，可能性最大，并且就“歌”字的意义看，“九歌”也必须是每歌九句。“歌”的本音应与今语“啊”同，其意义最初也只是唱歌时每句中或句尾一声拖长的“啊……”（后世歌辞多以兮或猗，为，我，乎等字拟其音。）故《尧典》曰“歌永言”，《乐记》曰“故歌之为言也，长言之也”。然则“九歌”即九“啊”。九歌是九声“啊”，而“啊”又必在句中或句尾，则九歌必然是九句了。《大风歌》三句共三用“兮”字，《史记·乐书》称之为“三侯之章”，兮侯音近，三侯犹言三兮。《五噫诗》五句，每句末于“兮”下复缀以“噫”，全诗共用五“噫”字，因名之曰“五噫”。九歌是九句，犹之三侯是三句，五噫是五句，都是可由其篇名推出的。

全篇九句即等于三章，章三句。《皋陶谟》载有这样一首歌。（下称《元首歌》）

元首起哉！股肱喜哉！百工熙哉！
元首明哉！股肱良哉！庶事康哉！
元首丛脞哉！股肱惰哉！庶事隳哉！

唐立庵先生根据上文“箫韶九成”“帝用作歌”二句，说它便是《九歌》。这是很重要的发现。不过他又说即《左传》文七年却缺引《夏书》“戒之用休，董之用威，劝之以九歌，勿使坏”之九歌，那却不然。因为上文已证明过，书传所谓九歌并不专指某一首歌，因之《夏书》“劝之以九歌”只等于说“劝之以歌”。并且《夏书》三句分指礼，刑，乐而言，三“之”字实谓在下的臣民，而《元首歌》则分明是为在上的人君和宰辅发的。实则《元首歌》是否即《夏书》所谓九歌，并不重要，反正它是一首典型的《九歌》体的歌（因为是九句），所以尽可称为《九歌》。

和《元首歌》格式相同的，在《国风》里有《麟之趾》《甘棠》《采葛》《著》《素冠》五篇。这些以及古今任何同类格式的歌，实际上都可称为《九歌》。（就这意义说，九歌又相当于后世五律，七绝诸名词。）九歌既是表明一种标准体裁的公名，则神话中带猥亵性的启的九歌，和经典中教诲式的《元首歌》，以及《夏书》所称而却缺所解为“九歌之歌”的九歌，自然不妨都是九歌了。

神话的九歌，一方面是外形固守着僵化的古典格式，内容却在反动的方向发展成教诲式的“九德之歌”一类的九歌，一方面是外形几乎完全放弃了旧有的格局，内容则仍本着那原始的情欲冲动，经过文化的提炼作用，而升华为飘然欲仙的诗——那便是《楚辞》

的《九歌》。

三　“东皇太一”“礼魂”何以是迎送神曲

前人有疑《礼魂》为送神曲的，近人郑振铎、孙作云、丁山诸氏又先后一律主张《东皇太一》是迎神曲。他们都对，因为二章确乎是一迎一送的口气。除这内在的理由外，我们现在还可举出一般祭歌形式的沿革以为旁证。

迎神送神本是祭歌的传统形式，在《宋书·乐志》里已经讲得很详细了。再看唐代多数宗庙乐章，及一部分文人作品，如王维《祠渔山神女歌》等，则祭歌不但必须具有迎送神曲，而且有时只有迎送神曲。迎送的仪式在祭礼中的重要性于此可见了。本篇既是一种祭歌，就必须含有迎送神的歌曲在内，既有迎送神曲，当然是首尾两章。这是常识的判断，但也不缺少历史的证例。以内容论，汉《郊祀歌》的首尾两章——《练时日》与《赤蛟》相当于《九歌》的《东皇太一》与《礼魂》（参看原歌便知），谢庄又仿《练时日》与《赤蛟》作宋《明堂歌》的首尾二章（《宋书·乐志》：“迎送神歌，依汉《郊祀》三言四句一转韵。”）而直题作《迎神歌》《送神歌》。由《明堂歌》上推《九歌》，《东皇太一》《礼魂》是迎送神曲，是不成问题的。

或疑《九歌》中间九章也有带迎送意味，甚至明出迎送字样的（《湘夫人》“九嶷缤兮并迎”，《河伯》“送美人兮南浦”。）怎见九章不也有迎送作用呢？答：九章中的迎送是歌中人物自相迎送，或对假想的对象迎送，与二章为致祭者对神的迎送迥乎不同，换言之，前者是粉墨登场式的表演迎送的故事，后者是实质的迎送的祭典。前人混为一谈，所以纠缠不清。

除去首尾两章迎送神曲，中间所余九章大概即《楚辞》所谓《九歌》。《九歌》本不因章数而得名，已详上文。但因文化的演进，文体的篇幅是不能没有扩充的。上古九句的《九歌》，到现在——战国，涨大到九章的《九歌》，乃是必然的趋势。

四　被迎送的神只有东皇太一

《东皇太一》既是迎神曲，而歌辞只曰“穆将愉兮上皇”（上皇即东皇太一），那么辞中所迎的，除东皇太一外，似乎不能再有别的神了。《礼魂》是作为《东皇太一》的配偶篇的送神曲，这里所送的，理论也不应超出先前所迎的之外。其实东皇太一是上帝，祭东皇太一即郊祀上帝。只有上帝才够得上受主祭者楚王的专诚迎送。其他九神论地位都在王之下，所以曲礼中只为他们设享，而无迎送之礼。这样看来，在理论原则上，被迎送的又非只限于东皇太一不可。对于九神，既无迎送之礼，难怪用以宣达礼意的迎送神的歌辞中，绝未提及九神。

但请注意：我们只说迎送的歌辞，和迎送的仪式所指的对象，不包括那东皇太一以外的九神。实际上九神仍不妨和东皇太一同出同进，而参与了被迎送的经验，甚至可以说，被“饶”给一点那样的荣耀。换言之，我们讲九神未被迎送，是名分上的未被迎送，不是事实的。谈到礼仪问题，当然再没有比名分观念更重要的了。超出名分以外的事实，在礼仪的精神下，直可认为不存在。因此，我们还是认为未被迎送，而祭礼是专为东皇太一设的。

五　九神的任务及其地位

祭礼既非为九神而设，那么他们到场是干什么的？汉《郊祀歌》

已有答案:“合好效欢虞太一……《九歌》毕奏斐然殊。”《郊祀歌》所谓“九歌”可能即《楚辞》十一章中之九章之歌(详下),九神便是这九章之歌中的主角,原来他们到场是为着“效欢”以“虞太一”的。这些神道们——实际是神所“凭依”的巫们——按照各自的身分,分班表演着程度不同的哀艳的,或悲壮的小故事,情形就和近世神庙中演戏差不多。不同的只是在当时,戏是由小神们做给大神瞧的,而参加祭礼的人们是沾了大神的光而得到看热闹的机会;现在则专门给小神当代理人的巫既变成了职业戏班,而因尸祭制度的废弃,大神只是一只“土木形骸”的偶像,并看不懂戏,于是群众便索兴把他撇开,自己霸占了戏场而成为正式的观众了。

九神之出现于祭场上,一面固是对东皇太一“效欢”,一面也是以东皇太一的从属的资格来受享。效欢时是立于主人的地位替主人帮忙,受享时则立于客的地位作陪客,作陪凭着身分(二三等的神),帮忙仗着伎能(唱歌与表情)。九神中身分的尊卑既不等,伎能的高下也有差,所以他们的地位有的作陪的意味多于帮忙,有的帮忙的意味多于作陪。然而作陪也是一种帮忙,而帮忙也有吃喝(受享),所以二者又似可分而不可分。

六 二章与九章

因东皇太一与九神在祭礼中的地位不同,所以二章与九章在十一章中的地位也不同。在说明这两套歌辞不同的地位时,可以有宗教的和艺术的两种相反的看法。就宗教观点说,二章是作为祭歌主体的迎送神曲,九章即真正的《九歌》,只是祭歌中的插曲。插曲的作用是凑热闹,点缀场面,所以可多可少,甚至可有可无。反之,就艺术观点说,九章是十一章中真正的精华,二章则是传统形式上一头一尾的具文。《楚辞》的编者统称十一章为“九歌”，是根据艺术观点，以中间九章为本位的办法。《楚辞》是文艺作品的专集，编者当然只好采取这种观点。如果他是《郊祀志》的作者，而仍采用了这样的标题，那便犯了反客为主和舍己从人的严重错误，因为根据纯宗教的立场，十一章应改称“楚《郊祀歌》”，或更详明点，“楚郊祀东皇太一《乐歌》”，而《九歌》这称号是只应限于中间的九章插曲。或许有人要说，启享天神的乐称《九歌》，《楚辞》概称祀东皇太一的全部乐章为《九歌》，只是沿用历史的旧名，并没有什么重视《九歌》艺术性的立场在背后。但他忘记诸书谈到启奏《九歌》时不满的态度。不是还说启因此亡国吗？须知说启奏《九歌》以享天神，是骂他胡闹，不应借了祭天的手段来达其“康娱而自纵”（《离骚》）的目的，所以又说“章闻于天，天用弗式”（《墨子·非乐篇》引《武观》）。他们言外之意，祭天自有规规矩矩的音乐，那太富娱乐性的《九歌》是不容搀进祭礼来的亵渎神明的。他们反对启，实即反对《九歌》，反对《九歌》的娱乐性，实即承认了它的艺术性。在认识《九歌》的艺术性这一点上，他们与《楚辞》的编者没有什么不同，不过在运用这认识的实践行为上，他们是凭那一点来攻击启，《楚辞》的编者是凭那一点来欣赏文艺而已。

七 九章的再分类

不但十一章中，二章与九章各为一题，若再细分下去，九章中，前八章与后一章（《国殇》）又当分为一类。八篇所代表的日，云，星（指司命，详后），山，川一类的自然神（《史记·留侯世家》“学者多言无鬼神，然言有物”，物即自然神。）依传统见解，仿佛应当是天神最贴身的一群侍从。这完全是近代人的想法。在宗教史

上，因野蛮人对自然现象的不了解与畏惧，倒是自然神的崇拜发生得最早。次之是人鬼的崇拜，那是在封建型的国家制度下，随着英雄人物的出现而产生的一种宗教行为。最后，因封建领主的逐渐兼并，直至大一统的帝国政府行将出现，像东皇太一那样的一神教的上帝才应运而生。八章中尤其《湘君》《湘夫人》等章的猥亵性的内容（此其所以为淫祀），已充分暴露了这些神道的原始性和幼稚性。（苏雪林女士提出的人神恋爱问题，正好说明八章宗教方面的历史背景，详后。）反之，《国殇》却代表进一步的社会形态，与东皇太一的时代接近了。换言之，东君以下八神代表巫术降神的原始信仰，《国殇》与东皇太一则是进步了的正式宗教的神了。我们发觉国殇与东皇太一性质相近的种种征象，例如祭国殇是报功，祭东皇太一是报德，国殇在祀家的系统中当列为小祀，东皇太一列为大祀等等都是。这些征象都是国殇与东皇太一贴近，同时也使他去八神疏远。这就是我们将九章又分为八神与《国殇》二类的最雄辩的理由。甚至假如我们愿走极端，将全部十一章分为二章（《东皇太一》《礼魂》）、一章（《国殇》），与八章三个平列的大类，似亦无不可，我们所以不那样做，是因为那太偏于原始论的看法。在历史上，东皇太一，国殇，与八神虽发生于三个不同的文化阶段，而各有其特殊的属性，但那究竟是历史。在《九歌》的时代，国殇恐怕已被降级而与八神同列了。至少楚国制定乐章的有司，为凑足九章之歌的数目以合传统《九歌》之名，已决意将国殇排入八神的班列，而让他在郊祀东皇太一的典礼里，分担着陪祀意味较多的助祀的工作。（看歌辞八章与《国殇》皆转韵，属于同一类型，制定乐章者的意向益明。）他这安排也许有点牵强，但我们研究的是这篇《九歌》，我们的任务是了解制定者用意，不是修改他的用意。这是我们不能不只认八章与《国殇》为一大类中之两小类的另一理由。

<table>
<tr><td colspan="6" rowspan="2">神道及其意义</td><td colspan="6">歌　辞</td></tr>
<tr><td colspan="4">内容的特征与情调</td><td colspan="2">外形</td></tr>
<tr><td rowspan="2">客体</td><td>东君、云中君、湘君、湘夫人、大司命、小司命、河伯、山鬼</td><td>（自然神）物</td><td>淫祀</td><td>助祀</td><td></td><td rowspan="2">曲（九章）</td><td>用独白或对话的形式抒写悲欢离合的情绪</td><td>似风（恋歌）</td><td>哀艳</td><td>长短句</td><td rowspan="2">转韵</td></tr>
<tr><td>国殇</td><td>鬼</td><td>小祀</td><td>陪祀</td><td>报功</td><td>叙述战争的壮烈，颂扬战争的英勇</td><td>似雅（挽歌）</td><td>悲壮</td><td>七字句</td></tr>
<tr><td>主体</td><td>东皇太一</td><td>神</td><td>大祀</td><td>正祀</td><td>报德</td><td>迎神曲送神曲（二章）</td><td>铺叙祭礼的仪式和过程</td><td>似颂（祭歌）</td><td>肃穆</td><td>长短句</td><td>不转韵</td></tr>
</table>

为醒目，我们再将上述主要各点依一种新的组织制成上表。有些意思，因行文的限制，上文来不及阐明的，大致已在表中补足了。

八　“赵代秦楚之讴”

《汉书·礼乐志》曰：

> 武帝定郊祀之礼，祠太一于甘泉……乃立乐府，采诗夜诵，有赵、代、秦、楚之讴。以李延年为协律都尉，多举司马相如等数十人造为诗赋，略论律吕，以舍八音之调，作为十九章之歌。以正月上辛用事圜丘，使童男女七十人俱歌，昏祠至明。

“有赵、代、秦、楚之讴”对我们是一句极关重要的话，因为经我们的考察，九章之歌所代表诸神的地理分布，恰恰是赵、代、秦、楚。现在即依这国别的顺序，逐条分述如下：

1.《云中君》　罗膺中先生曾据“览冀州兮有余”及《史记·封禅书》“晋巫祠五帝东君、云中君……”之语，说云中即云中郡之云中。这是一个重要的发现。云中是赵地（《史记·赵世家》：“武灵王……欲从云中、九原直南袭秦。”）赵是三晋之一，正当古冀州地。

2.《东君》　依照以东方殷民族为中心的汉族本位思想，日神羲和是女性（《大荒南经》“有女子名羲和……帝俊之妻，生十日”，《七发》“神归日母”。）但《九歌》的日神东君是男性（《九歌》诸神凡称君的皆男性。）可能他是一位客籍的神。《史记·赵世家》索隐引谯周曰“余尝闻之，代俗以东西阴阳所出入，宗其所谓之王母父”，阴阳指日月曰《大戴记·曾子天圆篇》“阳之精气日神，阴之精气月灵”。）似乎以日为阳性的男神，本是代俗。据《封禅书》，东君也是晋巫所祠，代地本近晋，古本歌辞次第，《东君》在《云中君》前（今本错置，详拙著《楚辞校补》。）是以二者相次为一组的。《史记·封禅书》及《索隐》引《归藏》亦皆东君、云中君连称。这种排列，大概是依农业社会观念，象征着两个对立的重要自然现象——晴与雨的。云中君在赵，东君的地望想必与他相近，不然是不会和他排在一起的。

3.《河伯》　《穆天子传》一“天子西征，骛行至阳纡之山，河伯冯夷之所都”，据《尔雅·释地》与《淮南子·地形篇》，阳纡是秦的泽薮，可见河伯本是秦地的神，所以祭河为秦国的常祀。《史记·六国年表》“秦灵公八年，初以君主妻河”，《封禅书》“及秦并天下，令祠官所常奉天地名山大川鬼神……水曰河，祠临晋”是其证。《封禅书》又曰“昔秦文公出猎，获黑龙（案即水神玄冥。）此其水德之瑞，于是秦更命河曰德水”，这是秦祀河的理论根据。

4.《国殇》　歌曰“带长剑兮挟秦弓”，罗先生据此疑国殇即《封禅书》所谓“南山巫祠南山秦中。秦中者二世皇帝”。我们以为说国殇是秦人所祀则可，以为即二世则不可。二世是赵高逼死在望夷宫中的，并非死于疆场。且若是二世，《九歌》岂不降为汉代的作品？但截至目前，我们尚无法证明《九歌》必非先秦楚国的乐章。

5. 6.《湘君》《湘夫人》　这还是南楚湘水的神。即令如钱宾四先生所说，湘水即汉水，那还是在楚境。

7. 8.《大司命》《少司命》　大司命见于金文《洹子（即田桓子）孟姜壶》，而《风俗通·祀典篇》也说“司命……齐地大尊重之”，似乎司命本是齐地的神。但这时似乎已落籍在楚国了。歌中空桑，九坑皆楚地名可证（《大招》“魂乎归徕，定空桑中”。九坑《文苑》作九冈，九冈山在今湖北松滋县，即昭十一年《左传》“楚子……用隐太子于冈山”之冈山。）《封禅书》且明说“荆巫祠司命”。

9.《山鬼》　顾天成《九歌解》主张《山鬼》即巫山神女，也是《九歌》研究中的一大创获。详孙君作云《九歌·山鬼考》。我们也完全同意。然则山鬼也是楚神。

以上除（2）（4）二项证据稍嫌薄弱，其余七项可算不成问题，何况以（2）属代，以（4）属秦，充其量只是缺证，并没有反证呢？“赵、代、秦、楚之讴”是汉武因郊祀太一而立的乐府中所诵习的歌曲，《九歌》也是楚祭东皇太一时所用的乐曲，而《九歌》中九章的地理分布，如上文所证，又恰好不出赵、代、秦、楚四国的范围，然则我们推测《九歌》中九章即《汉志》所谓“赵、代、秦、楚之讴”，是不至离事实太远的。并且《郊祀歌》已有“《九

歌》毕奏斐然殊”之语，这“《九歌》”当亦即“赵、代、秦、楚之讴”。(《礼乐志》称祭前在乐府中练习的为“赵、代、秦、楚之讴”,《郊祀歌》称祭时正式演奏的为“《九歌》”，其实只是一种东西《礼乐志》所以不称“《九歌》”而称“赵、代、秦、楚之讴”，那是因为“有赵、代、秦、楚之讴”一语是承上文“采诗夜诵”而言的。上文说“采诗”，下文点明所采的地域，文意一贯。) 由上言之，赵、代、秦、楚既恰合九章之歌的地理分布，而《郊祀歌》又明说出“《九歌》”的名字，然则所谓“赵、代、秦、楚之讴”即《九歌》，更觉可靠了。总之，今《楚辞》所载《九歌》中作为祀东皇太一乐章中的插曲的九章之歌，与夫汉《郊祀歌》所谓“合好效欢虞太一……《九歌》毕奏斐然殊”的《九歌》，与夫《礼乐志》所谓因祠太一而创立的乐府中所“夜诵”的“赵、代、秦、楚之讴”，都是一回事。

承认了九章之歌即“赵、代、秦、楚之讴”，我们试细玩九章的内容，还可发现一个有趣的现象。九章之歌依地理分布，自北而南，可排列如下：

《东君》	代
《云中君》	赵
《河伯》(《国殇》)	秦
《大司命》《少司命》《山鬼》	楚
《湘君》《湘夫人》	南楚

国殇是人鬼，我们曾经主张将他和那八位自然神分开。现在我们即依这见解，暂时撇开他，而单独玩索那代表自然神的八章歌辞。这里我们可以察觉，地域愈南，歌辞的气息愈灵活，愈放肆，愈顽

艳，直到那极南端的《湘君》《湘夫人》，例如后者的“捐余袂兮江中，遗余褋兮醴浦”二句，那猥亵的含意几乎令人不堪卒读了。以当时的文化状态而论，这种自北而南的气息的渐变，不是应有的现象吗？

九　楚九歌与汉郊祀歌的比较

虽然汉郊祀太一是沿用楚国的旧典，虽然汉祭礼中所用以娱神的《九歌》也就是楚人在同类情形下所用的《九歌》，但汉《郊祀歌》十九章与楚《九歌》十一章仍大有区别。汉歌十九章每章都是祭神的乐章，因为汉礼除太一外，还有许多次等的神受祭。但楚歌十一章中只首尾的《东皇太一》与《礼魂》（相当于汉歌首尾的《练时日》与《赤蛟》），是纯粹祭神的乐章。其余九章，正如上文所说，都只是娱神的乐章。楚礼除东皇太一外，是否也有纯粹陪祭的次等神如汉制一样，今不可知。至少今《九歌》中不包含祭这类次等神的乐章是事实。反之，楚歌将娱神的乐章（九章）与祭神的乐章（二章）并列而组为一套歌辞。汉歌则将娱神的乐章完全屏弃，而专录祭神的乐章。总之楚歌与汉歌相同的是首尾都分列着迎送神曲，不同的是中间一段，一方是九章娱神乐章，一方是十七章祭次等神的乐章。这不同处尤可注意。汉歌中间与首尾全是祭神乐章(迎送神曲也是祭神乐章)，他的内容本是一致的，依内容来命名，当然该题作“《郊祀歌》”。楚歌首尾是祭神，中间是娱神，内容既不统一，那么命名该以何者为准，便有选择的余地了。若以首尾二章为准，自然当题作“楚《郊祀歌》”。现在他不如此命名，而题作“《九歌》”，可见他是以中间九章娱神乐章为准的。以汉歌与楚歌的命名相比较，益可证所谓“《九歌》”者是指十一章中间的九章而言的。

十 巫术与巫音

苏雪林女士以“人神恋爱”解释《九歌》的说法，在近代关于《九歌》的研究中，要算最重要的一个见解，因为他确实说明了八章中大多数的宗教背景。我们现在要补充的，是“人神恋爱”只是八章的宗教背景而已，而不是八章本身。换言之，八章歌曲是扮演“人神恋爱”的故事，不是实际的“人神恋爱”的宗教行为。而且这些故事之被扮演，恐怕主要的动机还是因为其中“恋爱”的成分，不是因为那“人神”的交涉，虽则“人神”的交涉确乎赋予了“恋爱”的故事以一股幽深、玄秘的气氛，使它更富于麻醉性。但须知道在领会这种气氛的经验中，那态度是审美的，诗意的，是一种 make believe，那与实际的宗教经验不同。《吕氏春秋·古乐篇》曰：“楚之哀也，作为巫音。”八章诚然是典型的“巫音”，但“巫音”断乎不是“巫术”，因为在“巫音”中，人们所感兴趣的，毕竟是“音”的部分远胜于“巫”的部分。“人神恋爱”许可以解释《山海经》所代表的神话的《九歌》，却不能字面的 literally 说明《楚辞》的《九歌》。严格地讲，二千年前《楚辞》时代的人们对《九歌》的态度，和我们今天的态度，并没有什么差别。同是欣赏艺术，所差的是，他们是在祭坛前观剧——一种雏形的歌舞剧，我们则只能从纸上欣赏剧中的歌辞罢了。在深浅不同的程度中，古人和我们都能复习点原始宗教的心理经验，但在他们观剧时，恐怕和我们读诗时差不多，那点宗教经验是躲在意识的一个暗角里，甚至有时完全退出意识圈外了。

《九歌》的结构

王夫之首先主张《礼魂》为送神曲，后来王邦采、王闿运、梁启超等皆赞成之。近人郑振铎、孙作云、丁山诸先生又以《东皇太一》为迎神曲。这一来，十一篇除去首尾二篇，余下九篇，篇目与篇名的数字合了，于是九歌之所以称为《九歌》，他们说是得到了解释。但有人以为这说法太巧，不敢置信，依然倾向九为虚数的解释，那未免太拘泥了。然而这拘泥也许是有点道理的。因为专凭一个数字的吻合来断定《东皇太一》《礼魂》为迎送神曲，这种说法确乎是太重视形式，而且把问题看得太简单了。其实十一篇中的二篇（《东皇太一》《礼魂》）自有其本然的和内在独立性；这独立性并不因中间是否恰恰九篇而动摇。换言之，假如中段是八篇或十篇，那首尾两篇依然应当是迎送神曲。

迎神送神本是祭歌的传统形式，沈约说得最透彻：

> 宋及东晋，太祝惟送神而不迎神。近议者或云：“庙以居神，恒如在也，不应有迎送之事。”意以为并乖其衷。立庙居灵，四时致享，以申孝思之情。夫神升降无常，何必恒安处所？故《祭义》云：“乐以迎来，哀以送往。”郑注云：“迎来而乐，乐亲之来，送往而哀，哀亲之往，其享否不可知也。”《尚书》曰：“祖考来格。”《诗》云：“神保遹归。”注曰：“归于天地

> 也。”此并言神有去来，则有送迎明矣。即周“肆夏”之名，备迎送之乐。古以尸象神，故《仪礼》祝有迎尸送尸。近代虽无尸，岂可阙迎送之礼？又傅玄有迎神送神哥（歌）辞，明江左不迎，非旧典也。（《宋书·乐志一》）

《东皇太一》《礼魂》中迎送的口气，原文已表现得相当显著。再看两汉以来继承《九歌》系统的祭歌，便更明白。汉《郊祀歌》是仿《九歌》而作的，《练时日》与《赤蛟》相当于《东皇太一》与《礼魂》，其间迎送的口气至少是依然保存着，假如没有加强的话。

谢庄作宋《明堂歌》，其首尾两篇直题日《迎神歌》《送神歌》，而《宋书·乐志》明说这“迎送神歌，依汉郊祀三言四句一转韵”。

九歌		汉郊祀歌
迎神	吉日兮辰良	练时日［兮］侯有望
	蕙肴蒸兮兰藉，奠桂酒兮椒浆	牲茧栗［兮］粢盛香，尊（奠）桂酒［兮］宾八乡（蕃）
	灵偃蹇兮姣服，芳菲菲兮满堂	众嫭并［兮］绰奇丽，颜如荼［兮］兆（逃）逐靡，被华文［兮］厕雾縠，曳阿锡［兮］佩珠玉
	五音纷兮繁会，君欣欣兮乐康〔东皇太一〕	灵已坐［兮］五音饬，虞（娱）至旦［兮］承灵億（意）〔练时日〕
送神	成礼兮会鼓	礼乐成［兮］灵将归
	长无绝兮终古〔礼魂〕	托玄德［兮］长无衰〔赤蛟〕

《明堂歌》出于《郊祀歌》，《郊祀歌》出于《九歌》。《明堂歌》有迎神送神，则《九歌》的《东皇太一》《礼魂》即迎送曲，更觉可靠了。此后唐代的宗庙乐章，如《五郊》《朝日》《祭神州》《祭太社》《蜡百神》等，往往只有迎送神曲二章。尤其有趣的是文人模仿九歌体的作品，如王维《祠渔山神女歌》，也沿用着这种格

式。我们因此疑心一迎一送是原始祭歌的本然形式，《九歌》中段九篇是演化过程中随后插入的。二篇的原始形式是固定的，插入的部分便可不拘定数，故《九歌》插入九篇，《郊祀歌》十七篇，《明堂歌》七篇。唐宗庙乐章和王维《祀渔山神女歌》只一迎一送共两篇，可说明又回到原始祭歌的本然形式。由此看来，我们又可以说，今《九歌》十一篇中首尾两篇是主体，其余九篇是客体。今以《九歌》统称十一篇，不免有反客为主的嫌疑。

就历史上祭歌形式的沿革来推求两篇的独立性，只是一种表面的、初步的观察。那样的结论只能给我们提供一个假设，我们还得分析《九歌》本身，来试验那假设的准确性。我们最好能在内容和音节等方面，找出二篇与九篇的差别，以为坐实那假设的根据。现在即依理想，将我们分析《九歌》的结果列表于下：

<table>
<tr><th colspan="2"></th><th colspan="3">内　容</th><th>音节</th><th colspan="2">篇幅</th></tr>
<tr><td>二篇</td><td>《东皇太一》
《礼　　魂》</td><td>铺叙祭祀的仪式与过程</td><td>肃穆</td><td>似颂</td><td>祭歌</td><td>不转韵</td><td>短</td></tr>
<tr><td rowspan="2">九篇</td><td>《东　　君》
《云中君》
《湘　　君》
《湘夫人》
《大司命》
《少司命》
《河　　伯》
《山　　鬼》</td><td>用独白或对白的方式陈述悲欢离合的故事</td><td>哀艳</td><td>似风</td><td>恋歌</td><td>转韵</td><td>多数长</td></tr>
<tr><td>《国　　殇》</td><td>铺陈战争的壮烈，赞颂战士的英勇</td><td>悲壮</td><td>似小雅</td><td>挽歌</td><td></td><td></td></tr>
</table>

虽然九篇中本身也不甚一致（这问题下文再讨论），但二篇之当单独为一类，则甚显然。音节上转韵或不转韵是一个最干脆最富客

观性的事实，恰巧在这一栏里，二篇与全部九篇有立于相反的地位，这是值得注意的观象。内容四栏的顺序排列下来的，在第四栏里我们直认两篇为祭歌，而九篇之中两组皆否，这与上文我们说两篇是《九歌》的主体，九篇是客体，意义完全一致。这是极端重要的一点，因为它表明历史的观察与九歌本文的分析——内证与外证——完全符合了。《东皇太一》与《礼魂》在十一篇中，不但合构成一个独立的单位，而且是主要的基本的单位。根据上文所引沈约的话，祭祀中最主要最基本的活动，莫过于迎神送神，《东皇太一》《礼魂》在乐章中既是主要的基本的部分，那么二者即迎送神曲，自然不成问题。

既然只有迎送神曲才是真正的祭歌，而十一篇中迎神题作《东皇太一》，送神题作《礼魂》，看来这祭典中被祭的对象很可能只《东皇太一》一神。《东皇太一》词曰："穆将愉兮上皇。"上皇即"东皇太一"，那么，唱《东皇太一》时所迎的神，即"东皇太一"，是不成问题的。迎的既是"东皇太一"，而《礼魂》正是配合着《东皇太一》而为一迎一送的送神曲，那么唱《礼魂》时所送的神似乎也还是"东皇太一"了。就《礼魂》的标题看，诚然不能得到这结论（详下），就歌词看，却是可能的。比方歌词中"春兰兮秋菊"一语，所表示的致祭的季节，便与谬忌方祀太一所谓"古者天子以春秋祭太一东南郊"（《史记·封禅书》）相合，若谬忌方与《礼魂》相参证，《礼魂》与《东皇太一》的关系便不难窥见了。总之，《东皇太一》所迎的，与夫《礼魂》所送的神应该都是"东皇太一"，这也是最自然最合理的看法。

在前面的表里，我们指出了二篇是祭歌，同时也指出九篇的前八篇是恋歌，后一篇是挽歌，总之都是非祭歌。九篇既非祭歌，然则那九种神是干什么来的呢？这问题汉《郊祀歌》中有了答案：

千童罗舞成八溢（佾），
合好效欢虞（娱）太一，
九歌毕奏斐然殊，
鸣琴竽瑟会轩朱。（《郊祀歌·天地章》）

这九歌正指那除去一头一尾的九篇。“九歌毕奏”既是“虞（娱）太一”的手段，那么九篇便该是娱神的节目，或侑神的乐章，因之那九种神的地位便等于被请来助祭或助兴的陪客。现在参照着汉人所记载的汉制，我们可以想象出当时祭场上有如这样的一幅画面：代表东皇太一的灵保（神尸）庄严而玄默地坐在广三十步高三十丈“有文章采镂黼黻之饰”的八觚形的紫坛上，在五音繁会之中，享用着那蕙肴兰藉，桂酒椒浆的盛馔，坛下簇拥着扮演各种神灵及其从属的童男童女，多则三百人，少亦七十人，分为九班，他们依次地走到坛前，或在各自被指定的班位上，舞着唱着，表演着种种程度不同的哀情的以及悲壮的小故事，以“合好效欢虞太一”。这情形实在等于近世神庙中的演戏，不同的只是在古代，戏本是由小神们演出给大神瞧的，而参加祭典的人们只是沾大神的光而得到看热闹的机会而已。在上述情形之下所演出的九出小歌舞剧，便是所谓《九歌》了。

讲到这里，我们必定马上想到现在《楚辞》中《九歌》的总标题和一部分小标题很不妥当。被祭的神本只有东皇太一，而祭东皇太一的典礼，实即郊祀，这是可以从下列各汉人记载推测出来的：

古者天子春秋祭太一东南郊。（《史记·封禅书》引谬忌

方）

鼓和乐于东郊，致魂灵，下太一之神。（《初学记》一五引《乐叶图征》）

武帝定郊祀之礼，祠太一于甘泉。（《汉书·礼乐志》）

合好效欢虞太一。（《汉郊祀歌》）

汉《郊祀歌》辞出于《九歌》，上文已经提到，汉郊祀礼大概也出于楚制：汉人祭太一的歌辞称《汉郊祀歌》，楚祭东皇太一的歌辞，所以应称《楚郊祀歌》，或详细点，叫《楚郊祀东皇太一乐歌》。十一篇中首尾二篇今称《东皇太一》与《礼魂》，也不妥当，不如仿《汉郊祀歌》摘篇首数字为题之例，称为“吉日”与“成礼”，或径称为《迎神歌》与《送神歌》亦可。今将新旧标题对照列表于后：

楚郊祀东皇太一乐歌		**九歌**
吉日（迎神歌辞）		东皇太一
东君		东君
云中君		云中君
湘君		湘君
湘夫人		湘夫人
大司命	九歌（侑神歌辞）	大司命
少司命		少司命
河伯		河伯
山鬼		山鬼
国殇		国殇
成礼（送神歌辞）		礼魂

一切混沌的观念被澄清了，淆乱的名称被纠正了以后，侑神歌辞恰恰剩下九篇，我们满以为《九歌》的名称便是适应这九篇的数字而产生的。其实不然。问题还不只那样简单。九篇侑神辞并不成为一个单纯的、统一的单位，我们在前面已经提过了。关于九篇中前八篇与后一篇《国殇》的差别，在前面我们只指出一部分。现在合并前面已经指出的，再将全部的差异点列成下表：

	剧中人物	歌唱的对象	歌词内容			歌词形式
八篇	自然神	以一个中心人物或二个对手人物为对象	恋歌	哀艳	似风	参差的长短句
国殇	人鬼	似无中心人物的群体为对象	挽歌	悲壮	似小雅	整齐的七字句

诚然八篇之中也有些不一致的地方，但其差别远不如八篇与《国殇》之间大。对于《国殇》，八篇又自成一单位，是很显著的事实。

然而问题的复杂性似尚不止此。《礼魂》这标题的意义是可疑的。今本《楚辞》题为《礼魂》的歌词，是送神，不成问题。但《礼魂》二字的意义却与送神（东皇太一）无涉。东皇太一即上帝，上帝不当称魂（魂只是人的精气）。以“成礼兮会鼓”与“礼魂”字面相同为理由，来证明《礼魂》为此篇原有的标题，是似是而非的话。《成礼》之礼分明是名同。《礼魂》之礼则非动词即形容词，两礼字根本不是一回事，那只是字面的偶合而已。《礼魂》似当与《国殇》为一类。洪兴祖曰：“或曰，《礼魂》谓以礼善终者。”意谓其与死于非命的国殇为同类而相反的两种人鬼，这似乎是最合理的一种解释。我们还可以引汉人的话来支持他。

“宗庙小祀，谓祭殇与无后，及司勋功臣亦祭于庙。”（《周礼》酒正、肆师两疏引马融说）

很可能《国殇》祭殇与无后，《礼魂》祭司勋功臣，而祭东皇太一（上帝）是宗庙大礼，祭国殇、礼魂是随着大祀举行的小祀。如果这推测是对的，则今本《楚辞》的《礼魂》有目无词，后人以《礼魂》之目加之于送神的《成礼》章的词上，是张冠李戴。这样看来，除迎送神曲二篇外，《九歌》本有十篇。第十篇即《礼魂》，原辞之所以被遗失，许即误于那历史上相传的《九歌》的旧名。原始《九歌》之“九”本不是代表篇目的数字（但也不是虚数，说详下。）楚郊祀侑神乐歌，相沿亦称《九歌》。后人误会，以为《九歌》不当有十篇，于是删去最后一篇，以求合于歌名数字。然而词删而目未删。未被删去的目无所附丽，久而久之便黏上了距程最短的送神曲，而成为今本《楚辞》的《礼魂》了。依上文的分析，十一篇之词又当分为下列三组：

（一）东皇太一，二篇（迎神送神）

（二）国殇、礼魂——二篇亡一篇

（三）东君、云中君　湘君、湘夫人　大司命、少司命　河伯、山鬼——八篇

就宗教的意义讲，郊祀的对象是东皇太一，所以（一）是主体，（二）（三）都是客体，因之（二）（三）性质相近，可合为一类。就伦理的意义讲，（一）祭上帝（东皇太一），所谓宗庙大祀，是报德。（二）祭国殇、礼魂，所谓小祀，是报功，二者都是较理性化，较进步的宗教祀典。相反的，（三）东君以下都是自然神（二司命

本是星名)，他们的出场实代表着较幼稚，较原始的巫术降神。所以依这种观点，(一）（二）性质反而相近，可合为一类，(三）则独为一类。依前一种看法，（二）（三）合为一类，则《九歌》有十篇。依后一种看法，(三）单独为一类，则九歌只八篇。所以经过仔细分析，所谓（九歌）者偏偏任凭怎么计算，总不是九篇。但正如前面我们所说的，纵使中间是八篇或十篇，也不妨害那首尾两篇是迎送神曲。

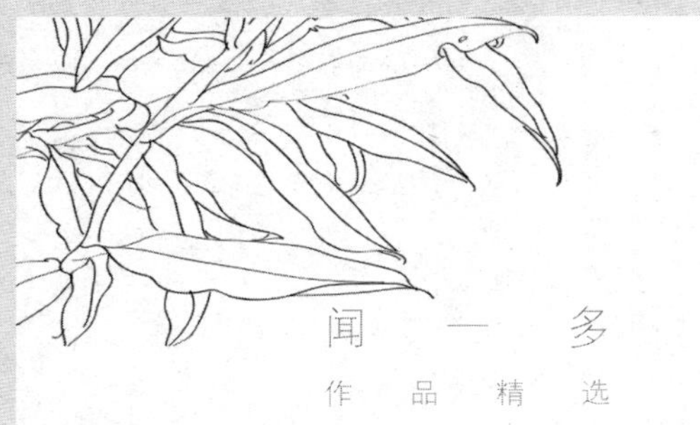

闻 一 多

作 品 精 选

唐诗杂论

唐诗杂论

类书与诗

检讨的范围是唐代开国后约略五十年，从高祖受禅（六一八）起，到高宗武后交割政权（六六〇）止。靠近那五十年的尾上，上官仪伏诛，算是强制地把“江左余风”收束了，同时新时代的先驱，四杰及杜审言，刚刚走进创作的年华，沈、宋与陈子昂也先后诞生了，唐代文学这才扯开六朝的罩纱，露出自家的面目。所以我们要谈的这五十年，说是唐的头，倒不如说是六朝的尾。

寻常我们提起六朝，只记得它的文学，不知道那时期对于学术的兴趣更加浓厚。唐初五十年所以像六朝，也正在这一点。这时期如果在文学史上占有任何位置，不是因为它在文学本身上有多少价值，而是因为它对于文学的研究特别热心，一方面把文学当作学术来研究，同时又用一种偏向于文学的观点来研究其余的学术。给前一方面举个例，便是曹宪、李善等的“选学”（这回文学的研究真是在学术中正式地分占了一席）。后一方面的例，最好举史学。许是因为他们有种特殊的文学观念（即《文选》所代表文学观念），唐初的人们对于《汉书》的爱好，远在爱好《史记》之上，在研究《汉书》时，他们的对象不仅是历史，而且是记载历史的文字。便拿李善来讲，他是注过《文选》的，也撰过一部《汉书辨惑》，《文选》与《汉书》在李善眼里，恐怕真是同样性质，具有同样功用的物件，都是给文学家供驱使的材料。他这态度可以代表那整个时代。这种

现象在修史上也不是例外。只把姚思廉除开，当时修史的人们谁不是借作史书的机会来叫卖他们的文藻——尤其是《晋书》的著者！至于音韵学与文学的姻缘，更是显著，不用多讲了。

当时的著述物中，还有一个可以称为第三种性质的东西，那便是类书，它既不全是文学，又不全是学术，而是介乎二者之间的一种东西，或是说兼有二者的混合体。这种畸形的产物，最足以代表唐初的那种太像文学的学术，和太像学术的文学了。所以我们若要明白唐初五十年的文学，最好的方法也是拿文学和类书排在一起打量。

现存的类书，如《北堂书钞》和《艺文类聚》，在当时所制造的这类出品中，只占极小部分。此外，太宗时编的，还有一千卷的《文思博要》。后来从龙朔到开元，中间又有官修的《累璧》六百三十卷，《瑶山玉彩》五百卷，《三教珠英》一千三百卷（《增广皇览》及《文思博要》），《芳树要览》三百卷，《事类》一百三十卷，《初学记》三十卷，《文府》二十卷，私撰的《碧玉芳林》四百五十卷，《玉藻琼林》一百卷，《笔海》十卷。这里除《初学记》之外，如今都不存在。内中是否有分类的总集，像《文馆词林》似的，我们不知道。但是《文馆词林》的性质，离《北堂书钞》虽较远，离《艺文类聚》却接近些了。欧阳询在《艺文类聚·序》里说是嫌“流别《文选》，专取其文，《皇览》遍略，直书其事”的办法不妥，他们（《艺文类聚》的编者不只他一人）才采取了“事居其前，文列于后”的体例。这可见《艺文类聚》是兼有总集（流别《文选》）与类书（《皇览》遍略）的性质，也可见他们看待总集与看待类书的态度差不多。《文馆词林》是和流别《文选》一类的书，在他们眼里，当然也和《皇览》遍略差不多了。再退一步讲，《文馆词林》的性质与《艺文类聚》一半相同，后者既是类书，前者起码也有一半类书的资格。

上面所举的书名，不过是就新旧《唐书》和《唐会要》等书中随便摘下来的，也许还有遗漏。但只看这里所列的，已足令人惊诧了。特别是官修的占大多数，真令人不解。如果它们是《通典》一类的，或《大英百科全书》一类的性质，也许我们还会嫌它们的数量太小。但它们不过是“兔园册子”的后身，充其量也不过是规模较大品质较高的“兔园册子”。一个国家的政府从百忙中抽调出许多第一流人才来编了那许多的“兔园册子”（太宗时，房玄龄、魏徵、岑文本、许敬宗等都参与过这种工作）。这用现代人的眼光看来，岂不滑稽？不，这正是唐太宗提倡文学的方法，而他所谓的文学，用这样的方法提创，也是很对的。沉思翰藻谓之文的主张，由来已久，加之六朝以来有文学嗜好的帝王特别多，文学要求其与帝王们的身分相称，自然觉得沉思翰藻的主义最适合他们的条件了。文学由太宗来提倡，更不能不出于这一途。本来这种专在词藻的量上逞能的作风，需用学力比需用性灵的机会多，这实在已经是文学的实际化了。南朝的文学既已经在实际化的过程中，隋统一后，又和北方的极端实际的学术正面接触了，于是依照“水流湿，火就燥”的物理原则，已经实际化了的文学便不能不愈加实际化，以致到了唐初，再经太宗的怂恿，便终于被学术同化了

文学被学术同化的结果，可分三方面来说。一方面是章句的研究，可以李善为代表；另一方面是类书的编纂，可以号称博学的《兔园册子》与《北堂书钞》的编者虞世南为代表；第三方面便是文学本身的堆砌性，这方面很难推出一个代表来，因为当时一般文学者的体干似乎是一样高矮，挑不出一个特别魁梧的例子来。没有办法，我们只好举唐太宗。并不是说太宗堆砌的成绩比别人精，或是他堆砌得比别人更甚，不过以一个帝王的地位，他的影响定不是

一般人所能比的，而且他也曾经很明白地为这种文体张目过（这证据我们不久就要提出）。我们现在且把章句的研究，类书的纂辑，与夫文学本身的堆砌性三方面的关系谈一谈。

李善绰号“书簏”，因为，据史书说，他是一个“淹贯古今，不能属辞”的人。史书又说他始初注《文选》，“释事而忘意”，经他儿子李邕补益一次，才做到“附事以见义”的地步。李善这种只顾“事”，不顾“意”的态度，其实是与类书家一样的。章句家是书簏，类书家也是书簏。章句家是“释事而忘意”，类书家便是“采事而忘意”了。我这种说法并不苛刻。只消举出《群书治要》来和《北堂书钞》或《艺文类聚》比一比，你便明白。同是钞书，同是一个时代的产物，但拿来和《治要》的“主意”的质素一比，《书钞类聚》“主事”的质素便显着格外分明了。章句家与类书家的态度，根本相同，创作家又何尝两样？假如选出五种书，把它们排成下面这样的次第：

> 《文选注》，《北堂书钞》，《艺文类聚》，《初学记》，初唐某家的诗集。

我们便看出一首初唐诗在构成程序中的几个阶段。劈头是“书簏”，收尾是一首唐初五十年间的诗，中间是从较散漫，较零星的“事”，逐渐地整齐化与分化。五种书同是“事”（文家称为词藻）的征集与排比，同是一种机械的工作，其间只有工作精粗的程度差别，没有性质的悬殊。这里《初学记》虽是开元间的产物，但实足以代表较早的一个时期的态度。在我们讨论的范围内，这部书的体裁，看来最有趣。每一项题目下，最初是“叙事”，其次“事对”，最后便是成篇的诗赋或文。其实这三项中减去“事对”，就等于《艺文类聚》；再减去诗赋文，便等于《北堂书钞》。所以我们由《书钞》看到《初学记》，便看出了一部类书的进化史，而在这类书的进化中，一首初唐诗的构成程序也就完全暴露出来了。你想，一首诗做到有了“事对”的程度，岂不是已经成功了一半吗？余剩的工作，无非是将“事对”装潢成五个字一副的更完整的对联，拼上韵脚，再安上一头一尾罢了。（五言律是当时最风行的体裁，但这里，我没有把调平仄算进去，因为当时的诗，平仄多半是不调的。）这样看来，若说唐初五十年间的类书是较粗糙的诗，他们的诗是较精密的类书，许不算强词夺理吧？

《旧唐书·文苑传》里所收的作家，虽有着不少的诗人，但除了崔信明的一句“枫落吴江冷”是类书的范围所容纳不下的，其余作家的产品不干脆就是变相的类书吗？唐太宗之不如隋炀帝，不仅在没有作过一篇《饮马长城窟行》而已，便拿那“南化”了的隋炀帝，和“南化”了的唐太宗打比，像前者的：

> 暮江平不动，春花满正开；流波将月去，潮水带星来。

甚至：

> 鸟击初移树，鱼寒不隐苔。

又何尝是后者有过的？不但如此，据说炀帝为妒嫉“空梁落燕泥”和“庭草无人随意绿”两句诗，曾经谋害过两条性命。“枫落吴江冷”比起前面那两个名句如何？不知道崔信明之所以能保天年，是因为太宗的度量比炀帝大呢，还是他的眼力比炀帝低。这不是说笑话。假如我们能回答这问题，那么太宗统治下的诗作的品质之高

低，便可以判定了。归真地讲，崔信明这人，恐怕太宗根本就不知道，所以他并没有留给我们那样测验他的度量或眼力的机会。但这更足以证明太宗对于好诗的认识力很差。假如他是有眼力的话，恐怕当日撑持诗坛的台面的，是崔信明、王绩，甚至王梵志，而不是虞世南、李百药一流人了。

讲到这里，我们或许要想到前面所引时人批评李善“释事而忘意”，和我批评类书家“采事而忘意”两句话。现在我若给那些作家也加上一句“用事而忘意”的案语，我想读者们必不以为过分。拿虞世南、李百药来和崔信明、王绩、王梵志比，不简直是“事”与“意”的比照吗？我们因此想到魏徵的《述怀》，颇被人认作这时期中的一首了不得的诗，《述怀》在唐代开国时的诗中所占的地位，据说有如魏徵本人在那时期政治上的地位一般的优越。这意见未免有点可笑，而替唐诗设想，居然留下生这意见的余地，也就太可怜了。平心说，《述怀》是一首平庸的诗，只因这作者不像一般的作者，他还不曾忘记那“诗言志”的古训，所以结果虽平庸而仍不失为“诗”。选家们搜出魏徵来代表初唐诗，足见那一个时代的贫乏。太宗和虞世南、李百药，以及当时成群的词臣，做了几十年的诗，到头还要靠这诗坛的局外人魏徵，来维持一点较清醒的诗的意识，这简直是他们的耻辱！

不怕太宗和他率领下的人们为诗干得多热闹。究竟他们所热闹的，与其说是诗，毋宁说是学术。关于“修辞立诚”四个字，即算他们做到了修辞（但这仍然是疑问），那立诚的观念，在他们的诗里可说整个不存在。唐初人的诗，离诗的真谛是这样远，所以，我要说，唐初是个大规模征集词藻的时期。我所谓征集词藻者，实在不但指类书的纂辑，连诗的制造也是应属于那个范围里的。

上述的情形，太宗当然要负大部分的责任。我们曾经说到太宗为堆砌式的文体张目过，不错，看他亲撰的《晋书·陆机传论》便知道：

观夫陆机、陆云，实荆衡之杞梓，挺圭璋于秀实，驰英华于早年。风鉴澄爽，神情俊迈。文藻宏丽，独步当时，言论慷慨，冠乎终古。高词迥映，如朗月之悬光；叠意回舒，若重岩之积秀。千条析理，则电拆霜开，一绪连文，则珠流璧合。其词则深而雅，其义则博而显。故足远超枚、马，高蹑王、刘，百代文宗，一人而已。

因为他崇拜的陆机，是“文藻宏丽”，与夫“叠意回舒，若重岩之积秀”，“一绪连文，则珠流璧合”的陆机，所以太宗于他的群臣中就最钦佩虞世南。褚亮在《十八学士赞》中，是这样赞虞世南的：

笃行扬声，雕文绝世，网罗百家，并包六艺。

两《唐书·虞世南传》都说，他与兄世基同入长安，时人比作晋之二陆，新传又品评这两弟兄说：

世基辞章清劲过世南，而赡博不及也。

这样的虞世南，难怪太宗要认为是“与我犹一体”，并且在世南死后，还有“钟子期死，伯牙不复鼓琴”之叹。这虞世南，我们要记住，便是《兔园册子》和《北堂书钞》的著者。这一点极其重要。这不啻明白地告诉我们，太宗所鼓励的诗，是“类书家”的诗，也便是“类书式”的诗。总之，太宗毕竟是一个重实际的事业中人；

诗的真谛，他并没有，恐怕也不能参透。他对于诗的了解，毕竟是个实际的人的了解。他所追求的只是文藻，是浮华，不，是一种文辞上的浮肿，也就是文学的一种皮肤病。这种病症，到了上官仪的“六对”“八对”，便严重到极点，几乎有危害到诗的生命的可能，于是因察觉了险象而愤激的少年“四杰”，便不得不大声疾呼，抢上来施以针砭了。

宫体诗的自赎

宫体诗就是宫廷的，或以宫廷为中心的艳情诗，它是个有历史性的名词，所以严格地讲，宫体诗又当指以梁简文帝为太子时的东宫，及陈后主、隋炀帝、唐太宗等几个以宫廷为中心的艳情诗。我们该记得从梁简文帝当太子到唐太宗宴驾中间一段时期，正是谢朓已死，陈子昂未生之间一段时期。这其间没有出过一个第一流的诗人。那是一个以声律的发明与批评的勃兴为人所推重，但论到诗的本身，则为人所诟病的时期。没有第一流诗人，甚至没有任何诗人，不是一桩罪过。那只是一个消极的缺憾。但这时期却犯了一桩积极的罪。它不是一个空白，而是一个污点，就因为他们制造了些有如下面这样的宫体诗：

长筵广未同，上客娇难逼。还杯了不顾，回身正颜色。（高爽《咏酌酒人》）

众中俱不笑，座上莫相撩。（邓鉴《奉和夜听妓声》）。

这里所反映的上客们的态度，便代表他们那整个宫廷内外的气氛。人人眼角里是淫荡：

上客徒留目，不见正横陈。（鲍泉《敬酬刘长史咏名士悦倾

城》)

人人心中怀着鬼胎：

春风别有意，密处也寻香。(李义府《堂词》)

对姬妾娼妓如此，对自己的结发妻亦然（刘孝威《郗县寓见人织率尔赠妇》便是一例)。于是发妻也就成了倡家。徐悱写得出《对房前桃树咏佳期赠内》那样一首诗，他的夫人刘令娴为什么不可以写一首《光宅寺》来赛过他？索性大家都揭开了：

知君亦荡子，贱妾自倡家。(吴均《鼓瑟曲有所思》)

因为也许她明白她自己的秘诀是什么。

自知心所爱，出入仕秦宫。谁言连屈尹，更是莫遨通？(简文帝《艳歌篇》十八韵)

简文帝对此并不诧异，说不定这对他，正是件称心的消息。堕落是没有止境的。从一种变态到另一种变态往往是个极短的距离，所以现在像简文帝《娈童》，吴均《咏少年》，刘孝绰《咏小儿采莲》，刘遵《繁华应令》，以及陆厥《中山王孺子妾歌》一类作品，也不足令人惊奇了。变态的又一型类是以物代人为求满足的对象。于是绣领，袙腹，履，枕，席，卧具……全有了生命，而成为被玷污者。推而广之，以至灯烛，玉阶，梁尘，也莫不踊跃地助他们集中意念到那个荒唐的焦点，不用说，有机生物如花草莺蝶等更都是可人的同情者。

> 罗荐已擘鸳鸯被，绮衣复有葡萄带。残红艳粉映帘中，戏蝶流莺聚窗外。（上官仪《八咏应制》）

看看以上的情形，我们真要疑心，那是作诗，还是在一种伪装下的无耻中求满足。在那种情形之下，你怎能希望有好诗！所以常常是那套褪色的陈词滥调，诗的本身并不能比题目给人以 更深的印象。实在有时他们真不像是在作诗，而只是制题。这都是惨淡经营的结果：《咏人聘妾仍逐琴心》（伏知道），《为寒床妇赠夫》（王胄），特别是后一例，尽有“闺情”“秋思”“寄远”一类的题面可用，然而作者偏要标出这样五个字来，不知是何居心。如果初期作者常用的“古意”“拟古”一类暧昧的题面，是一种遮羞的手法，那么现在这些人是根本没有羞耻了！这由意识到文词，由文词到标题，逐步的鲜明化，是否可算作一种文字的裎裸狂，我不知道。反正赞叹事实的“诗”变成了标明事类的“题”之附庸，这趋势去《游仙窟》一流作品，以记事文为主，以诗副之的形式，已很近了。形式很近，内容又何尝远？《游仙窟》正是宫体诗必然的下场。

我还得补充一下宫体诗在它那中途丢掉的一个自新的机会。这专以在昏淫的沉迷中作践文字为务的宫体诗，本是衰老的，贫血的南朝宫廷生活的产物，只有北方那些新兴民族的热与力才能拯救它。因此我们不能不庆幸庾信等之入周与被留，因为只有这样，宫体诗才能更稳固地移植在北方，而得到它所需要的营养。果然被留后的庾信的《乌夜啼》《春别诗》等篇，比从前在老家作的同类作品，气色强多了。移植后的第二三代本应不成问题。谁知那些北人骨子里和南人一样，也是脆弱的，禁不起南方那美丽的毒素的引诱，他

们马上又屈服了。除薛道衡《昔昔盐》《人日思归》，隋炀帝《春江花月夜》三两首诗外，他们没有表现过一点抵抗力。炀帝晚年可算热忱地效忠于南方文化了，文艺的唐太宗，出人意料之外，比炀帝还要热忱。于是庾信的北渡完全白费了。宫体诗在唐初，依然是简文帝时那没筋骨、没心肝的宫体诗。不同的只是现在词藻来得更细致，声调更流利，整个的外表显得更乖巧，更酥软罢了。说唐初宫体诗的内容和简文帝时完全一样，也不对。因为除了搬出那僵尸“横陈”二字外，他们在诗里也并没有讲出什么。这又教人疑心这辈子人已失去了积极犯罪的心情。恐怕只是词藻和声调的试验给他们羁系着一点作这种诗的兴趣（词藻声调与宫体有着先天与历史的联系）。宫体诗在当时可说是一种不自主的、虚伪的存在。原来从虞世南到上官仪是连堕落的诚意都没有了。此真所谓“萎靡不振”！

但是堕落毕竟到了尽头，转机也来了。

在窒息的阴霾中，四面是细弱的虫吟，虚空而疲倦，忽然一声霹雳，接着的是狂风暴雨！虫吟听不见了，这样便是卢照邻《长安古意》的出现。这首诗在当时的成功不是偶然的。放开了粗豪而圆润的嗓子，他这样开始：

> 长安大道连狭斜，青牛白马七香车。玉辇纵横过主第，金鞭络绎向侯家！龙衔宝盖承朝日，凤吐流苏带晚霞。百丈游丝争绕树，一群娇鸟共啼花。……

这生龙活虎般腾踔的节奏，首先已够教人们如大梦初醒而心花怒放了。然后如云的车骑，载着长安中各色人物 panorama① 式的一幕幕出现，通过“五剧三条”的“弱柳青槐”来“共宿娼家桃李蹊”。

① panorama，全景画。

诚然这不是一场美丽的热闹。但这癫狂中有战栗，堕落中有灵性：

得成比目何辞死，愿作鸳鸯不羡仙。

比起以前那光是病态的无耻：

相看气息望君怜，谁能含羞不肯前！（简文帝《乌楼曲》）

如今这是什么气魄！对于时人那虚弱的感情，这真有起死回生的力量。最后：

节物风光不相待，桑田碧海须臾改。昔时金阶白玉堂，即今惟见青松在！

似有“劝百讽一”之嫌。对了，讽刺，宫体诗中讲讽刺，多么生疏的一个消息！我几乎要问《长安古意》究竟能否算宫体诗？从前我们所知道的宫体诗，自萧氏君臣以下都是作者自身下流意识的口供，那些作者只在诗里，这回卢照邻却是在诗里，又在诗外，因此他能让人人以一个清醒的旁观的自我，来给另一自我一声警告。这两种态度相差多远！

寂寂寥寥杨子居，年年岁岁一床书。独有南山桂花发，飞来飞去袭人裾。

这篇末四句有点突兀，在诗的结构上既嫌蛇足，而且这样说话，也不免暴露了自己态度的褊狭，因而在本篇里似乎有些反作用之嫌。

可是对于人性的清醒方面，这四句究不失为一个保障与安慰。一点点艺术的失败，并不妨碍《长安古意》在思想上的成功。他是宫体诗中一个破天荒的大转变。一手挽住衰老了的颓废，教给他如何回到健全的欲望；一手又指给他欲望的幻灭。这诗中善与恶都是积极的，所以二者似相反而相成。我敢说《长安古意》的恶的方面比善的方面还有用。不要问卢照邻如何成功，只看庾信是如何失败的。欲望本身不是什么坏东西。如果它走入了歧途，只有疏导一法可以挽救，壅塞是无效的。庾信对于宫体诗的态度，是一味地矫正，他仿佛是要以非宫体代宫体。反之，卢照邻只要以更有力的宫体诗救宫体诗，他所争的是有力没有力，不是宫体不宫体。甚至你说他的方法是以毒攻毒也行，反正他是胜利了。有效的方法不就是对的方法吗？

矛盾就是人性，诗人作诗本不必对自己的行为负责。原来《长安古意》的“年年岁岁一床书”，只是一句诗而已，即令作诗时事实如此，大概不久以后，情形就完全变了，骆宾王的《艳情代郭氏答卢照邻》便是铁证。故事是这样的：照邻在蜀中有一个情妇郭氏，正当她有孕时，照邻因事要回洛阳去，临行相约不久回来正式成婚。谁知他一去两年不返，而且在三川有了新人。这时她望他的音信既望不到，孩子也丢了。“悲鸣五里无人问，肠断三声谁为续！”除了骆宾王给寄首诗去替她申一回冤，这悲剧又能有什么更适合的收场呢？一个生成哀艳的传奇故事，可惜骆宾王没赶上蒋防、李公佐的时代。我的意思是：故事最适宜于小说，而作者手头却只有一个诗的形式可供采用。这试验也未尝不可作，然而他偏偏又忘记了《孔雀东南飞》的典型。凭一支作判词的笔锋（这是他的当行），他只草就了一封韵语的书札而已。然而是试验，就值得钦佩。骆宾王的失败，不比李百药的成功有价值吗？他至少也替《秦妇吟》垫过路。

这以“一抔之土未干，六尺之孤何托”，教历史上第一位英威的女性破胆的文士，天生一副侠骨，专喜欢管闲事，打抱不平，杀人报仇，革命，帮痴心女子打负心汉，都是他干的。《代女道士王灵妃赠道士李荣》里没讲出具体的故事来，但我们猜得到一半，还不是卢、郭公案那一类的纠葛？李荣是个有才名道士。(见《旧唐书·儒学罗道琮传》，卢照邻也有过诗给他。) 故事还是发生在蜀中，李荣往长安去了，也是许久不回来，王灵妃急了，又该骆宾王给去信促驾了。不过这回的信却写得比较像首诗。其所以然，倒不在——

> 梅花如雪柳如丝，年去年来不自持。初言别在寒偏在，何悟春来春更思。

一类响亮句子，而是那一气到底而又缠绵往复的旋律之中，有着欣欣向荣的情绪。《代女道士王灵妃赠道士李荣》的成功，仅次于《长安古意》。

和卢照邻一样，骆宾王的成功，有不少成分是仗着他那篇幅的。上文所举过的二人的作品，都是宫体诗中的云冈造像，而宾王尤其好大成癖（这可以他那以赋为诗的《帝京篇》《畴昔篇》为证）。从五言四句的《自君之出矣》，扩充到卢、骆二人洋洋洒洒的巨篇，这也是宫体诗的一个剧变。仅仅篇幅大，没有什么，要紧的是背面有厚积的力量撑持着。这力量，前人谓之“气势”，其实就是感情。有真实感情，所以卢、骆的来到，能使人们麻痹了百余年的心灵复活。有感情，所以卢、骆的作品，正如杜甫所预言的，“不废江河万古流”。

从来没有暴风雨能够持久的。果然持久了，我们也吃不消，所以我们要它适可而止。因为，它究竟只是一个手段，打破郁闷烦躁

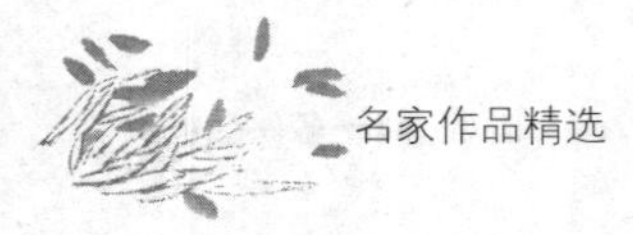

的手段；也只是一个过程，达到雨过天晴的过程。手段的作用是有时效的，过程的时间也不宜太长，所以在宫体诗的园地上，我们很侥幸地碰见了卢、骆，可也很愿意能早点离开他们——为的是好和刘希夷会面。

古来容光人所羡，况复今日遥相见？愿作轻罗着细腰，愿为明镜分娇面。（《公子行》）

这不是什么十分华贵的修辞，在刘希夷也不算最高的造诣；但在宫体诗里，我们还没听见过这类的痴情话。我们也知道他的来源是《同声诗》和《闲情赋》。但我们要记得，这类越过齐梁，直向汉晋人借贷灵感，在将近百年以来的宫体诗里也很少人干过呢！

与君相向转相亲，与君双栖共一身。愿作贞松千岁古，谁论芳槿一朝新！百年同谢西山日，千秋万古北邙尘。（《公子行》）

这连同它的前身——杨方《合欢诗》，也不过是常态的，健康的爱情中，极平凡、极自然的思念，谁知道在宫体诗中也成为了不得的稀世的珍宝。回返常态确乎是刘希夷的一个主要特质，孙翌编《正声集》时把刘希夷列在卷首，便已看出这一点来了。看他即便哀艳到如：

自怜妖艳姿，妆成独见时。愁心伴杨柳，春尽乱如丝。（《春女行》）

携笼长叹息，逶迤恋春色。看花若有情，倚树疑无力。薄

> 暮思悠悠，使君南陌头。相逢不相识，归去梦青楼。（《采桑》）

也从没有不归于正的时候。感情返到正常状态是宫体诗的又一重大阶段。惟其如此，所以烦躁与紧张都消失了，只剩下一片晶莹的宁静。就在此刻，恋人才变成诗人，憬悟到万象的和谐，与那一水一石一草一木的神秘的不可抵抗的美，而不禁受创似的哀叫出来：

> 可怜杨柳伤心树！可怜桃李断肠花！（《公子行》）

但正当他们叫着“伤心树”“断肠花”时，他已从美的暂促性中认识了那玄学家所谓的“永恒”——一个最缥缈，又最实在；令人惊喜，又令人震怖的存在。在它面前一切都变渺小了，一切都没有了。自然认识了那无上的智慧，就在那彻悟的一刹那间，恋人也就变成哲人了：

> 洛阳城东桃李花，飞来飞去落谁家？洛阳女儿好颜色，坐见落花长叹息：今年花落颜色改，明年花开复谁在！……古人无复洛城东，今人还对落花风。年年岁岁花相似，岁岁年年人不同。（《代白头翁》）

相传刘希夷吟到“今年花落……”二句时，吃一惊，吟到“年年岁岁……”二句，又吃一惊。后来诗被宋之问看到，硬要让给他，诗人不肯，就生生地被宋之问给用土囊压死了。于是诗谶就算验了。编故事的人的意思，自然是说，刘希夷泄露了天机，论理该遭天谴。这是中国式的文艺批评，隽永而正确，我们在千载之下，不能，也

不必改动它半点。不过我们可以用现代语替它诠释一遍，所谓泄露天机者，便是悟到宇宙意识之谓。从蜣螂转丸式的宫体诗一跃而到庄严的宇宙意识，这可太远了，太惊人了！这时的刘希夷实已跨近了张若虚半步，而离绝顶不远了。

如果刘希夷是卢、骆的狂风暴雨后宁静爽朗的黄昏，张若虚便是风雨后更宁静更爽朗的月夜。《春江花月夜》本用不着介绍，但我们还是忍不住要谈谈。就宫体诗发展的观点看，这首诗尤有大谈的必要。

> 春江潮水连海平，海上明月共潮生。滟滟随波千万里，何处春江无月明！江流宛转绕芳甸，月照花林皆似霰，空里流霜不觉飞，汀上白沙看不见。

在这种诗面前，一切的赞叹是饶舌，几乎是亵渎。它超过了一切的宫体诗有多少路程的距离，读者们自己也知道。我认为用得着一点诠明的倒是下面这几句：

> ……江畔何人初见月？江月何年初照人？人生代代无穷已，江月年年只相似。不知江月待何人，但见长江送流水！

更敻绝的宇宙意识！一个更深沉，更寥廓更宁静的境界！在神奇的永恒前面，作者只有错愕，没有憧憬，没有悲伤。从前卢照邻指点出“昔时金阶白玉堂，即今惟见青松在”时，或另一个初唐诗人——寒山子更尖酸地吟着“未必长如此，芙蓉不耐寒”时，那都是站在本体旁边凌视现实。那态度我以为太冷酷，太傲慢，或者如果你愿意，也可以带点狐假虎威的神气。在相反的方向，刘希夷又一味凝视着“以有涯随无涯”的徒劳，而徒劳地为它哀毁着，那又未免太萎靡，太怯懦了。只张若虚这态度不亢不卑，冲融和易才是最纯正的，“有限”与“无限”，“有情”与“无情”——诗人与“永恒”猝然相遇，一见如故，于是谈开了——“江畔何人初见月？江月何年初照人？……江月年年只相似，不知江月待何人？”对每一问题，他得到的仿佛是一个更神秘的更渊默的微笑，他更迷惘了，然而也满足了。于是他又把自己的秘密倾吐给那缄默的对方：

白云一片去悠悠，青枫浦上不胜愁。

因为他想到她了，那“妆镜台”边的“离人”。他分明听见她的叹喟：

此时相望不相闻，愿逐月华流照君！

他说自己很懊悔，这飘荡的生涯究竟到几时为止！

昨夜闲潭梦落花，可怜春半不还家。江水流春去欲尽，江潭落月复西斜！

他在怅惘中，忽然记起飘荡的许不只他一人，对此清景，大概旁人，也只得徒唤奈何罢？

斜月沉沉藏海雾，碣石潇湘无限路。不知乘月几人归，落月摇情满江树！

这里一番神秘而又亲切的，如梦境的晤谈，有的是强烈的宇宙意识，被宇宙意识升华过的纯洁的爱情，又由爱情辐射出来的同情心，这是诗中的诗，顶峰上的顶峰。从这边回头一望，连刘希夷都是过程了，不用说卢照邻和他的配角骆宾王，更是过程的过程。至于那一百年间梁、陈、隋、唐四代宫廷所遗下了那份最黑暗的罪孽，有了《春江花月夜》这样一首宫体诗，不也就洗净了吗？向前替宫体诗赎清了百年的罪，因此，向后也就和另一个顶峰陈子昂分工合作，清除了盛唐的路——张若虚的功绩是无从估计的。

卅（1941）年八月廿二日　陈家营

四　杰

继承北朝系统而立国的唐朝的最初五十年代，本是一个尚质的时期，王、杨、卢、骆都是文章家，“四杰”这徽号，如果不是专为评文而设的，至少它的主要意义是指他们的赋和四六文。谈诗而称四杰，虽是很早的事，究竟只能算借用。是借用，就难免有“削足适履”和“挂一漏万”的毛病了。

按通常的了解，诗中的四杰是唐诗开创期中负起了时代使命的四位作家，他们都年少而才高，官小而名大，行为都相当浪漫，遭遇尤其悲惨（四人中三人死于非命）——因为行为浪漫，所以受尽了人间的唾骂，因为遭遇悲惨，所以也赢得了不少的同情。依这样一个概括，简明，也就是肤浅的了解，“四杰”这徽号是满可以适用的，但这也就是它的适用性的最大限度。超过了这限度，假如我们还问到：这四人集团中每个单元的个别情形和相互关系，尤其他们在唐诗发展的路线网里，究竟代表着哪一条，或数条线，和这线在网的整个体系中所担负的任务——假如问到这些方面，“四杰”这徽号的功用与适合性，马上就成问题了。因为诗中的四杰，并非一个单纯的，统一的宗派，而是一个大宗中包孕着两个小宗，而两小宗之间，同点恐怕还不如异点多。因之，在讨论问题时，“四杰”这名词所能给我们的方便，恐怕也不如纠葛多。数字是个很方便的东西，也是个很麻烦的东西。既在某一观点下凑成了一个数目，就不能由

你在另一观点下随便拆开它。不能拆开，又不能废弃它，所以就麻烦了。“四杰”这徽号，我们不能，也不想废弃，可是我承认我是抱着“息事宁人”的苦衷来接受它的。

四杰无论在人的方面，或诗的方面，都天然形成两组或两派。先从人的方面讲起。

将四人的姓氏排成“王杨卢骆”这特定的顺序，据说寓有品第文章的意义，这是我们熟知的事实。但除这人为的顺序外，好像还有一个自然的顺序，也常被人采用——那便是序齿的顺序。我们疑心张说《裴公神道碑》“在选曹见骆宾王、卢照邻、王勃、杨炯”，和郗云卿《骆丞集序》“与卢照邻、王勃、杨炯文词齐名”，乃至杜诗“纵使卢王操翰墨”等语中的顺序，都属于这一类。严格的序齿应该是卢、骆、王、杨，其间卢、骆一组，王、杨一组，前者比后者平均大了十岁的光景。然则卢、骆的顺序，在上揭张、郗二文里为什么都颠倒了呢？郗序是为了行文的方便，不用讲。张碑，我想是为了心理的缘故，因为骆与裴（行俭）交情特别深，为裴作碑，自然首先想起骆来。也许骆赴选曹本在先，所以裴也先见到他。果然如此，则先骆后卢，是采用了另一事实作标准。但无论依哪个标准说，要紧的还是在张、郗两文里，前二人（骆、卢）与后二人（王、杨）之间的一道鸿沟（即平均十岁左右的差别），依然存在。所以即使张碑完全用的另一事实——赴选的先后作为标准，我们依然可以说，王、杨赴选在卢、骆之后，也正说明了他们年龄小了许多。实在，卢、骆与王、杨简直可算作两辈子人。据《唐会要》卷八二，“显庆二年，诏征太白山人孙思邈入京，卢照邻、宋令文、孟诜皆执师贽之礼。”令文是宋之问的父亲，而之问是杨炯同僚的好友。卢与之问的父亲同辈，而杨与之问本人同辈，那么卢与杨岂不是不能同辈了吗？明白了这一层，杨炯所谓“愧在卢前，耻居王后”，便有了确解。杨年纪比卢小得多，名字反在卢前，有愧不敢当之感，所以说“愧在卢前”，反之，他与王名分是同年，名字在王后，说“耻居王后”，正是不甘心的意思。

比年龄的距离更重要的一点，便是性格的差异。在性格上四杰也天然形成两种类型，卢、骆一类，王、杨一类。诚然，四人都是历史上著名的“浮躁浅露”不能“致远”的殷鉴，每人“丑行”的事例，都被谨慎地保存在史乘里了，这里也毋庸赘述。但所谓“浮躁浅露”者，也有程度深浅的不同。杨炯，相传据裴行俭说，比较“沉静”。其实王勃，除擅杀官奴那不幸事件外（杀奴在当时社会上并非一件太不平常的事），也不能算过分的“浮躁”。一个人在短短二十八年的生命里，已经完成了这样多方面的一大堆著述：

> 《舟中纂序》五卷，《周易发挥》五卷，《次论语》十卷，《汉书指瑕》十卷，《大唐千岁历》若干卷，《黄帝八十一难经注》若干卷，《合论》十卷，《续文中子书序诗序》若干篇，《玄经传》若干卷，《文集》三十卷。

能够浮躁到哪里去呢？同王勃一样，杨炯也是文人而兼有学者倾向的，这满可以从他的《天文大象赋》和《驳孙茂道苏知几冕服议》中看出。由此看来，王杨的性格确乎相近。相应的，卢、骆也同属于另一类型，一种在某项观点下真可目为“浮躁”的类型。久历边塞而屡次下狱的博徒革命家，骆宾王，不用讲了。看《穷鱼赋》和《狱中学骚体》，卢照邻也不像是一个安分的分子。骆宾王在《艳情代郭氏答卢照邻》里，便控告过他的薄幸。然而按骆宾王自己的口供：

但使封侯龙额贵，讵随中妇凤楼寒？

他原也是在英雄气概的烟幕下实行薄幸而已。看《忆蜀地佳人》一类诗，他并没有少给自己制造薄幸的机会。在这类事上，卢、骆恐怕还是一丘之貉。最后，卢照邻那悲剧性的自杀，和骆宾王的慷慨就义，不也还是一样？同是用不平凡的方式自动地结束了不平凡的一生，只是一悱恻，一悲壮，各有各的姿态罢了。

这几乎是不可避免的发展；由年龄的两辈，和性格的两类型，到友谊的两个集团。果然，卢、骆二人交情，可凭骆的《艳情代郭氏答卢照邻》诗来坐实，而王、杨的契合，则有王的《秋日饯别序》和杨的《王勃集序》可证。反之，卢或骆与王或杨之间，就看不出这样紧凑的关系来。就现存各家集中所可考见的说，卢、王有两首同题分韵的诗，卢、杨有一首同题同韵的诗，可见他们两辈人确乎在文酒之会中常常见面。可是太深的交情，恐怕谈不到。他们绝少在作品里互相提到彼此的名字，有之，只杨在《王勃集序》中说到一次“薛令公朝右文宗，托末契而推一变，卢照邻人间才杰，览清规而辍九攻”，这反足以证明卢、骆与王、杨属于两个壁垒，虽则是两个对立而仍不失为友军的壁垒。

于是，我们便可谈到他们——卢、骆与王、杨——另一方面的不同了。年龄的不同辈，性格的不同类型，友谊的不同集团，和作风的不同派，这些不也正是一贯的现象吗？其实，不待知道“人”方面的不同，我们早就应该发觉“诗”方面的不同了。假如不受传统名词的蒙蔽，我们早就该惊讶，为什么还非维持这“四”字不可，而不仿“前七子”“后七子”的例，称卢、骆为“前二杰”，王、杨为“后二杰”？难道那许多迹象，还不足以证明他们两派的不同吗？

首先，卢、骆擅长七言歌行，王、杨专工五律，这是两派选择形式的不同。当然卢、骆也作五律，甚至大部分篇什还是五律，而王、杨一派中至少王勃也有些歌行流传下来，但他们的长处绝不在这些方面。像卢集中的：

风摇十洲影，日乱九江文。（《赠李荣道士》）

川光摇水箭，山气上云梯。（《山庄休沐》）

和骆集中这样的发端：

故人无与晤，安步陟山椒。（《冬日野望》）

在那贫乏的时代，何尝不是些夺目的珍宝？无奈这些有句无章的篇什，除声调的成功外，还是没有超过齐、梁的水准。骆比较有些“完璧”，如《在狱咏蝉》之类，可是又略无警策。同样，王的歌行，除《滕王阁歌》外，也毫不足观。便说《滕王阁歌》，和他那典丽凝重与凄情流动的五律比起来，又算得了什么呢？

杜甫《戏为六绝句》第三首说“纵使卢王操翰墨，劣于汉魏近《风》《骚》”。这里是以卢代表卢、骆，王代表王、杨，大概不成问题。至于“劣于汉魏近《风》《骚》”，假如可以解作王、杨“劣于汉魏”，卢、骆“近《风》《骚》”，倒也有它的妙处，因为卢、骆那用赋的手法写成的粗线条的宫体诗，确乎是《风》《骚》的余响，而王、杨的五言，虽不及汉魏，却越过齐、梁，直接上晋、宋了。这未必是杜诗的原意，但我们不妨借它的启示来阐明一个真理。

卢、骆与王、杨选择形式不同，是由于他们两派的使命不同。卢、骆的歌行，是用铺张扬厉的赋法膨胀过了的乐府新曲，而乐府新曲又是宫体诗的一种新发展，所以卢、骆实际上是宫体诗的改造

者。他们都曾经是两京和成都市中的轻薄子，他们的使命是以市井的放纵改造宫廷的堕落，以大胆代替羞怯，以自由代替局缩，所以他们的歌声需要大开大阖的节奏，他们必须以赋为诗。正如宫体诗在卢、骆手里是由宫廷走到市井，五律到王、杨的时代是从台阁移至江山与塞漠。台阁上只有仪式的应制，有“绨句绘章，揣合低卬”。到了江山与塞漠，才有低徊与怅惘，严肃与激昂，例如王的《别薛升华》《送杜少府之任蜀州》和杨的《从军行》《紫骝马》一类的抒情诗。抒情的形式，本无须太长，五言八句似乎恰到好处。前乎王、杨，尤其是应制的作品，五言长律用的还相当多。这是该注意的！五言八句的五律，到王、杨才正式成为定形，同时完整的真正唐音的抒情诗也是这时才出现的。

将卢、骆与王、杨对照着看，真是一个说不尽的话题。我在旁处曾说明过从卢、骆到刘（希夷）、张（若虚）是一贯的发展，现在还要点醒，王、杨与沈、宋也是一脉相承。李商隐早无意地道着了秘密：

> 沈宋裁辞矜变律，王杨落笔得良朋。当时自谓宗师妙，今日惟观属对能。(《漫成章》)

以沈、宋与王、杨并举，实在是最自然，最合理的看法。“律”之“变”，本来在王、杨手里已经完成了，而沈、宋也是“落笔得良朋”的妙手。并且我们已经提过，杨炯和宋之问是好朋友。如果我们再知道他们是好到如之问《祭杨盈川文》所说的那程度，我们便更能了然于王、杨与沈、宋所以是一脉相承之故。老实说，就奠定五律基础的观点看，王、杨与沈、宋未尝不可视为一个集团，因此也有资格承受“四杰”的徽号，而卢、骆与刘、张也同样有理由，在改良宫体诗的观点下，被称为另一组“四杰”。一定要墨守着先入为主的传统观点，只看见“王、杨、卢、骆”之为四杰，而抹煞了一切其他的观点，那只是拘泥、顽冥、甘心上传统名词的当罢了。

将卢、骆与王、杨分别划归了刘、张与沈、宋两个集团后，再比较一下刘、张与沈、宋在唐诗中的地位，便也更能了解卢、骆与王、杨的地位了。五律无疑是唐诗最主要的形式，在那时人心目中，五律才是诗的正宗。沈、宋之被人推重，理由便在此。按时人安排的顺序，王、杨的名字列在卢、骆之上，也正因他们的贡献在五律，何况王、杨的五律是完全成熟了的五律，而卢、骆的歌行还不免于草率，粗俗的“轻薄为文”呢？论内在价值，当然王、杨比卢、骆高。然而，我们不要忘记卢、骆曾用以毒攻毒的手段，凭他们那新式宫体诗，一举摧毁了旧式的“江左余风”的宫体诗，因而给歌行芟除了芜秽，开出一条坦途来。若没有卢、骆，哪会有刘、张，哪会有《长恨歌》《琵琶行》《连昌宫词》和《秦妇吟》，甚至于李、杜、高岑呢？看来，在文学史上，卢、骆的功绩并不亚于王、杨。后者是建设，前者是破坏，他们各有各的使命。负破坏使命的，本身就得牺牲，所以失败就是他们的成功。人们都以成败论事，我却愿向失败的英雄们多寄予点同情。

孟浩然

当年孙润夫家所藏王维画的孟浩然像，据《韵语阳秋》和作者葛立方说，是个很不高明的摹本，连所附的王维自己和陆羽、张洎三篇题识，据他看，也是一手摹出的。葛氏的鉴定大概是对的，但他并没有否认那“俗工”所据的底本——即张洎亲眼见到的孟浩然像，确是王维的真迹。这幅画，据张洎的题识说：

> 虽轴尘缣古，尚可窥览。观右丞笔迹，穷极神妙。襄阳之状颀而长，峭而瘦，衣白袍，靴帽重戴，乘款段马——一童总角，提书笈负琴而从——风仪落落，凛然如生。

这在今天，差不多不用证明，就可以相信是逼真的孟浩然。并不是说我们知道浩然多病，就可以断定他当瘦。实在经验告诉我们，什九人是当如其诗的。你在孟浩然诗中所意识到的诗人那身影，能不是“颀而长，峭而瘦”的吗？连那件白袍，恐怕都是天造地设，丝毫不可移动的成分。白袍靴帽固然是“布衣”孟浩然分内的装束，尤其是诗人孟浩然必然的扮相。编《孟浩然集》的王士源应是和浩然很熟的人，不错，他在序文里用来开始介绍这位诗人的“骨貌淑清，风神散朗”八字，与夫陶翰《送孟六入蜀序》所谓“精朗奇素”，无一不与画像的精神相合，也无一不与孟浩然的诗境一致。总之，诗如其人，或人就是诗，再没有比孟浩然更具体的例证了。

张祜曾有过“襄阳属浩然”之句，我们却要说：浩然也属于襄阳。也许正惟浩然是属于襄阳的，所以襄阳也属于他。大半辈子岁月在这里度过，大多数诗章是在这地方，因这地方，为这地方而写的。没有第二个襄阳人比孟浩然更忠于襄阳，更爱襄阳的。晚年漫游南北，看过多少名胜，到头还是：

山水观形胜，襄阳美会稽。

实在襄阳的人杰地灵，恐怕比它的山水形胜更值得人赞美。从汉阴丈人到庞德公，多少令人神往的风流人物，我们简直不能想象一部《襄阳耆旧传》，对于少年的孟浩然是何等深厚的一个影响。了解了这一层，我们才可以认识孟浩然的人、孟浩然的诗。

隐居本是那时代普遍的倾向，但在旁人仅仅是一个期望，至多也只是点暂时的调剂，或过期的赔偿。在孟浩然却是一个完完整整的事实。在构成这事实的复杂因素中，家乡的历史地理背景，我想，是很重要的一点。

在一个乱世，例如庞德公的时代，对于某种特别性格的人，入山采药，一去不返，本是唯一的出路。但生在“开元全盛日”的孟浩然，有那必要吗？然则为什么三番两次朋友伸过援引的手来，都被拒绝，甚至最后和本州采访使韩朝宗约好了一同入京，到头还是喝得酩酊大醉，让韩公等烦了，一赌气独自先走了呢？正如当时许多有隐士倾向的读书人，孟浩然原来是为隐居而隐居，为着一个浪漫的理想，为着对古人的一个神圣的默契而隐居。在他这回，无疑的那成立默契的对象便是庞德公。孟浩然当然不能为韩朝宗背弃庞公。鹿门山不许他，他自己家园所在，也就是“庞公栖隐处”的鹿

门山，绝不许他那样做。

> 鹿门月照开烟树，忽到庞公栖隐处。岩扉松径长寂寥，惟有幽人自来去。

这幽人究竟是谁？庞公的精灵，还是诗人自己？恐怕那时他自己也分辨不出，因为心理上他早与那位先贤同体化了。历史的庞德公给了他启示，地理的鹿门山给了他方便，这两项重要条件具备了，隐居的事实便容易完成得多了。实在，鹿门山的家园早已使隐居成为既成事实，只要念头一转，承认自己是庞公的继承人，此身便俨然是《高士传》中的人物了。总之，是襄阳的历史地理环境促成孟浩然一生老于布衣的。孟浩然毕竟是襄阳的孟浩然。

我们似乎为奖励人性中的矛盾，以保证生活的丰富，几千年来一直让儒、道两派思想维持着均势，于是读书人便永远在一种心灵的僵局中折磨自己，巢由与伊皋，江湖与魏阙，永远矛盾着，冲突着，于是生活便永远不协调，而文艺也便永远不缺少题材。矛盾是常态，愈矛盾则愈常态。今天是伊皋，明天是巢由，后天又是伊皋，这是行为的矛盾。当巢由时向往着伊皋，当了伊皋，又不能忘怀于巢由，这是行为与感情间的矛盾。在这双重矛盾的夹缠中打转，是当时一般的现象。反正用诗一发泄，任何矛盾都注销了。诗是唐人排解感情纠葛的特效剂，说不定他们正因有诗作保障，才敢于放心大胆地制造矛盾，因而那时代的矛盾人格才特别多。自然，反过来说，矛盾愈深愈多，诗的产量也愈大了。孟浩然一生没有功名，除在张九龄的荆州幕中当过一度清客外，也没有半个官职，自然不会发生第一项矛盾问题。但这似乎就是他的一贯性的最高限度。因为虽然身在江湖，他的心并没有完全忘记魏阙。下面不过是许多显明例证中之一：

> 欲济无舟楫，端居耻圣明。坐观垂钓者，徒有羡鱼情。

然而“羡鱼”毕竟是人情所难免的，能始终仅仅“临渊羡鱼”，而并不“退而结网”，实在已经是难得的一贯了。听李白这番热情的赞叹，便知道孟浩然超出他的时代多么远：

> 吾爱孟夫子，风流天下闻。红颜弃轩冕，白首卧松云。醉月频中圣，迷花不事君。高山安可仰，徒此挹清芬。

可是我们不要忘记矛盾与诗的因果关系，许多诗是为给生活的矛盾求统一，求调和而产生的。孟浩然既免除了一部分矛盾，对于他，诗的需要便当减少了。果然，他的诗是不多，量不多，质也不多。量不多，有他的同时人作见证，杜甫讲过的：“吾怜孟浩然……赋诗虽不多，往往凌鲍谢。”质不多，前人似乎也早已见到。苏轼曾经批评他：“韵高而才短，如造内法酒手，而无材料。”这话诚如张戒在《岁寒堂诗话》里所承认的，是说尽了孟浩然，但也要看才字如何解释。才如果是指才情与才学二者而言，那就对了，如果专指才学，还算没有说尽。情当然比学重要得多。说一个人的诗缺少情的深度和厚度，等于说他的诗的质不够高。孟浩然诗中质高的有是有些，数量总是太少。“气蒸云梦泽，波撼岳阳城”式的和“微云淡河汉，疏雨滴梧桐”式的句子，在集中几乎都找不出第二个例子。论前者，质和量当然都不如杜甫，论后者，至少在量上不如王维。甚至“不材明主弃，多病故人疏”，质量都不如刘长卿和十才子。这些都不是真正的孟浩然。真孟浩然不是将诗紧紧地筑在一联或一句

里，而是将它冲淡了，平均地分散在全篇中：

> 出谷未停午，到家日已曛。回瞻下山路，但见牛羊群。樵子暗相失，草虫寒不闻。衡门犹未掩，伫立望夫君。

甚至淡到令你疑心到底有诗没有。

> 垂钓坐盘石，水清心亦闲。鱼行潭树下，猿挂鸟藤间。游女昔解佩，传闻于此山。求之不可得，沿月棹歌还。

淡到看不见诗了，才是真正孟浩然的诗，不，说是孟浩然的诗，倒不如说是诗的孟浩然，更为准确。在许多旁人，诗是人的精华，在孟浩然，诗纵非人的糟粕，也是人的剩余。在最后这首诗里，孟浩然几曾作过诗？他只是谈话而已。甚至要紧的还不是那些话，而是谈话人的那副“风神散朗”的姿态。读到“求之不可得，沿月棹歌还”，我们得到一如张洎从画像所得到的印象：“风仪落落，凛然如生。”得到了像，便可以忘言，得到了“诗的孟浩然”便可以忘掉“孟浩然的诗”了。这是我们前面所提到的“诗如其人”或“人就是诗”的另一解释。

超过了诗也好，够不上诗也好，任凭你从环子的哪一点看起。反正除了孟浩然，古今并没有第二个诗人到过这境界。东坡说他没有才，东坡自己的毛病，就在才太多。

> 庄子笑曰：“周将处乎材与不材之间。材与不材之间，似之而非也，故未免乎累。”

谁能了解庄子的道理，就能了解孟浩然的诗，当然也得承认那点“累”。至于“似之而非”，而又能“免乎累”，那除陶渊明，还有谁呢？

贾　岛

这像是元和长庆间①诗坛动态中的三个较有力的新趋势：这边老年的孟郊，正哼着他那沙涩而带芒刺感的五古，恶毒地咒骂世道人心，夹在咒骂声中的，是卢仝、刘叉的“插科打诨”，和韩愈的洪亮的嗓音，向佛老挑衅。那边元稹、张籍、王建等，在白居易的改良社会的大纛下，用律动的乐府调子，对社会泣诉着他们那各阶层中病态的小悲剧。同时远远地，在古老的禅房或一个小县的廨署里，贾岛、姚合领着一群青年人作诗，为各人自己的出路，也为着癖好，作一种阴黯情调的五言律诗（阴黯由于癖好，五律为着出路）。

老年、中年人忙着挽救人心，改良社会，青年人反不闻不问，只顾躲在幽静的角落里作诗，这现象现在看来不免新奇，其实正是旧中国传统社会制度下的正常状态。不像前两种人，或已“成名”，或已通籍，在权位上有说话做事的机会和责任，这般没功名、没宦籍的青年人，在地位上职业上可说尚在“未成年”时期，种种对国家社会的崇高责任是落不到他们肩上的。越俎代庖的行为是情势所不许的，所以恐怕谁也没想到那头上来。有抱负也好，没有也好，一个读书人生在那时代，总得作诗。作诗才有希望爬过第一层进身的阶梯。诗做到合乎某种程式，如其时运也凑巧，果然混得一“第”，到那时，至少在理论上你才算在社会中“成年”了，才有说

① 元和长庆间，指公元806—824年间，常被视为唐代文学的全盛时期。

话做事的资格。否则万一你的诗做得不及或超过了程式的严限，或诗无问题而时运不济，那你只好做一辈子的诗，为责任作诗以自课，为情绪作诗以自遣。贾岛便是在这古怪制度之下被牺牲，也被玉成了的一个。在这种情形下，你若还怪他没有服膺孟郊到底，或加入白居易的集团，那你也可算不识时务了。

贾岛和他的徒众，为什么在别人忙着救世时，自己只顾作诗，我们已经明白了；但为什么单作五律呢？这也许得再说明一下。孟郊等为便于发议论而作五古，白居易等为讲故事而作乐府，都是为了各自特殊的目的，在当时习惯以外，匠心地采取了各自特殊的工具。贾岛一派人则没有那必要。为他们起见，当时最通行的体裁——五律就够了。一则五律与五言八韵的试帖最近，作五律即等于作功课；二则为拈拾点景物来烘托出一种情调，五律也正是一种标准形式。然而作诗为什么老是那一套阴霾、凛冽、峭硬的情调呢？我们在上文说那是由于癖好，但癖好又是如何形成的呢？这点似乎尤其重要。如果再明白了这点，便明白了整个的贾岛。

我们该记得贾岛曾经一度是僧无本。我们若承认一个人前半辈子的蒲团生涯，不能因一旦返俗，便与他后半辈子完全无关，则现在的贾岛，形貌上虽然是个儒生，骨子里恐怕还有个释子在。所以一切属于人生背面的，消极的，与常情背道而驰的趣味，都可溯源到早年在禅房中的教育背景。早年记忆中：

坐学白骨塔，

或：

三更两鬓几枝雪，一念双峰四祖心。

的禅味。不但是：

独行潭底影，数息树边身。
……
月落看心次，云生闭目中。

一类诗境的蓝本，而且是：

瀑布五千仞，草堂瀑布边。
……
孤鸿来夜半，积雪在诸峰。

甚至：

怪禽啼旷野，落日恐行人。

的渊源。他目前那时代——一个走上了末路的，荒凉，寂寞，空虚，一切罩在一层铅灰色调中的时代，在某种意义上与他早年记忆中的情调是调和，甚至一致的。惟其这时代的一般情调，基于他早年的经验，可说是先天地与他不仅面熟，而且知心，所以他对于时代，不至如孟郊那样愤恨，或白居易那样悲伤，反之，他却能立于一种超然地位，借此温寻他的记忆，端详它，摩挲它，仿佛一件失而复得的心爱的什物一样。早年的经验使他在那荒凉得几乎狞恶的“时代相”前面，不变色，也不伤心，只感着一种亲切，融洽而已。于是他爱静，爱瘦，爱冷，也爱这些情调的象征——鹤、石、冰雪。黄昏与秋是传统诗人的时间与季候，但他爱深夜过于黄昏，爱冬过于秋。他甚至爱贫、病、丑和恐怖。他看不出：

鹦鹉惊寒夜唤人。

句一定比：

山雨滴栖鹉。

更足以令人关怀，也不觉得：

牛羊识僮仆，既夕应传呼。

较之：

归吏封宵钥，行蛇入古桐。

更为自然。也不能说他爱这些东西。如果是爱，那便太执着而邻于病态了。（由于早年禅院的教育，不执着的道理应该是他早已懂透了的。）他只觉得与它们臭味相投罢了。更说不上好奇。他实在因为那些东西太不奇，太平易近人，才觉得它们“可人”，而喜欢常常注视它们。如同一个三棱镜，毫无主见地准备接受并解析日光中各种层次的色调，无奈“世纪末”的云翳总不给他放晴，因此他最热闹的色调也不过：

杏园啼百舌，谁醉在花傍！

……

身事岂能遂？兰花又已开。

和：

柳转斜阳过水来。

之类。常常是温馨与凄清糅合在一起，

芦苇声兼雨，芰荷香绕灯。

春意留恋在严冬的边缘上：

旧房山雪在，春草岳阳生。

他瞥见的“月影”偏偏不在花上而在“蒲根”，“栖鸟”不在绿杨中而在“棕花上”。是点荒凉感，就逃不脱他的注意，哪怕琐屑到：

湿苔粘树瘿。

以上这些趣味，诚然过去的诗人也偶尔触及到，却没有如今这样大量地，彻底地被发掘过。花样、层次也没有这样丰富。我介简直无法想象他给与当时人的，是如何深刻的一个刺激。不，不是刺激，是一种酣畅的满足。初唐的华贵，盛唐的壮丽，以及最近十才子的秀媚，都已腻味了，而且容易引起一种幻灭感。他们需要一点清凉，甚至一点酸涩来换换口味。在多年的热情与感伤中，他们的感情也疲乏了。现在他们要休息。他们所熟悉的禅宗与老庄思想也这样开导他们。孟郊、白居易鼓励他们再前进。眼看见前进也是枉然，不要说他们早已声嘶力竭。况且有时在理论上就释、道二家的立场说，他们还觉得“退”才是正当办法。正在苦闷中，贾岛来了，他们得救了，他们惊喜得像发现了一个新天地。真的，这整个人生的半面，犹如一日之中有夜，四时中有秋冬——为什么老被保留着不许窥探？这里确乎是一个理想的休息场所，让感情与思想都睡去，只感官张着眼睛往有清凉色调的地带涉猎去：

> 叩齿坐明月，搘颐望白云。

休息又休息。对了，惟有休息可以驱除疲惫，恢复气力，以便应付下一场的紧张。休息，这政治思想中的老方案，在文艺态度上可说是第一次被贾岛发现的。这发现的重要性可由它在当时及以后的势力中窥见。由晚唐到五代，学贾岛的诗人不是数字可以计算的，除极少数鲜明的例外，是向着词的意境与词藻移动的，其余一般的诗人大众，也就是大众的诗人，则全属于贾岛。从这观点看，我们不妨称晚唐五代为贾岛时代。他居然被崇拜到这地步：

> 李洞……酷慕贾长江，遂铜写岛像，戴之巾中，常持数珠念贾岛佛。人有喜贾岛诗者，洞必手录岛诗赠之，叮咛再四曰：“此无异佛经，归焚香拜之。”（《唐才子传》九）
>
> 南唐孙晟……尝画贾岛像，置于屋壁，晨夕事之。（《郡斋读书志》十八）

上面的故事，你尽可解释为那时代人们的神经病的象征，但从贾岛方面看，确乎是中国诗人从未有过的荣誉，连杜甫都不曾那样老实

地被偶像化过，你甚至说晚唐五代之崇拜贾岛是他们那一个时代的偏见和冲动，但为什么几乎每个朝代的末叶都有回向贾岛的趋势？宋末的四灵，明末的钟、谭，以至清末的同光派，都是如此。不宁惟是，即宋代江西派在中国诗史上所代表的新阶段，大部分不也是从贾岛那份遗产中得来的盈余吗？可见每个在动乱中灭毁的前夕都需要休息，也都要全部地接受贾岛，而在平时，也未尝不可以部分地接受他，作为一种调剂，贾岛毕竟不单是晚唐五代的贾岛，而是唐以后各时代共同的贾岛。

杜　甫

引　言

明吕坤曰："史在天地，如形之景。人皆思其高曾也，皆愿睹其景。至于文儒之士，其思书契以降之古人，尽若是已矣。"数千年来的祖宗，我们听见过他们的名字，他们生平的梗概，我们仿佛也知道一点，但是他们的容貌、声音，他们的性情、思想，他们心灵中的种种隐秘——欢乐和悲哀，神圣的企望，庄严的愤慨，以及可笑亦复可爱的弱点或怪癖……我们全是茫然。我们要追念，追念的对象在哪里？要仰慕，仰慕的目标是什么，要崇拜，向谁施礼？假如我们是肖子肖孙，我们该怎样地悲恸，怎样地心焦！

看不见祖宗的肖像，便将梦魂中迷离恍惚的，捕风捉影摹拟出来，聊当瞻拜的对象——那也是没有办法的慰情的办法。我给诗人杜甫绘这幅小照，是不自量，是渎亵神圣，我都承认。因此工作开始了，马上又搁下了。一搁搁了三年，依然死不下心去，还要赓续，不为别的，只还是不奈何那一点"思其高曾，愿睹其景"的苦衷罢了。

像我这回掮起的工作，本来应该包括两层步骤，第一是分析，第二是综合。近来某某考证，某某研究，分析的工作做得不少了；

关于杜甫，这类的工作，据我知道的却没有十分特出的成绩。我自己在这里偶尔虽有些零星的补充，但是，我承认，也不是什么大发现。我这次简直是跳过了第一步，来径直做第二步，这样做法，是不会有好结果的，自己也明白。好在这只是初稿，只要那“思其高曾，愿睹其景”的心情不变，永远那样地策励我，横竖以后还可以随时搜罗，随时拼补。目下我绝不敢说，这是真正的杜甫，我只说是我个人想象中的“诗圣”。

我们的生活如今真是太放纵了，太夸妄了，太沓小了，太龌龊了。因此我不能忘记杜甫；有个时期，华茨华斯①也不能忘记弥尔敦②，他喊——

Milton! thou shouldst be living at this hour:
England hath need of thee: she is a fen
Of stagnant waters: alter, sword, and pen,
Fireside, the heroic wealth of hall and bower,
Have forfeited their ancient English dower
Of inward happiness, we are selfish men:
O raise us up, return to us again;
And give us manners, virtue, freedom, power.

一

当中一个雄壮的女子跳舞。四面围满了人山人海的看客。内中

① 今通译作华兹华斯。华兹华斯（William Wordsworth，1770—1850 年），英国浪漫主义诗人。

② 今通译作弥尔顿。弥尔顿（John Milton，1608—1674 年），英国清教徒文学的代表作家之一，他的作品常批判无限制的享乐。

有一个四龄童子，许是骑在爸爸肩上，歪着小脖子，看那舞女的手脚和丈长的彩帛渐渐摇起花来了。看着，看着，他也不觉眉飞目舞，仿佛很能领略其间的妙绪。他是从巩县特地赶到郾城来看跳舞的。这一回经验定给了他很深的印象。下面一段是他几十年后的回忆：

> 㸌如羿射九日落，矫如群帝骖龙翔；来如雷霆收震怒，罢如江海凝清光。

舞女是当代名满天下的公孙大娘。四岁的看客后来便成为中国有史以来第一个大诗人，四千年文化中最庄严、最瑰丽、最永久的一道光彩。四岁时看的东西，过了五十多年，还能留下那样活跃的印象，公孙大娘的艺术之神妙，可以想见，然而小看客的感受力，也就非凡了。

杜甫，字子美；生于唐睿宗先天元年（七一二）；原籍襄阳，曾祖依艺做河南巩县县令，便在巩县住家了。子美幼时的事迹，我们不大知道。我们知道的，是他母亲死得早，他小时是寄养在姑母家里。他自小就多病。有一天可叫姑母为难了。儿子和侄儿都病着，据女巫说，要病好，病人非睡在东南角的床上不可；但是东南角的床铺只有一张，病人却有两个。老太太居然下了决心，把侄儿安顿在吉利的地方，叫自家的儿子填了侄儿的空子。想不到决心下了，结果就来了。子美长大了，听见老家人讲姑母如何让表兄给他替了死，他一辈子觉得对不起姑母。

早慧不算稀奇；早慧的诗人尤其多着。只怕很少诗人开笔开得像我们诗人那样有重大的意义。子美第一次破口歌颂的，不是什么凡物。这“七龄思即壮，开口咏凤凰”的小诗人，可以说，咏的便是他自己。禽族里再没有比凤凰善鸣的，诗国里也没有比杜甫更会

唱的。凤凰是禽中之王，杜甫是诗中之圣，咏凤凰简直是诗人自占的预言。从此以后，他便常常以凤凰自比；（《凤凰台》《赤凤行》便是最明白的表示。）这种比拟，从现今这开明的时代看去，倒有一种特别恰当的地方。因为谈论到这伟大的人格，伟大的天才，谁不感觉寻常文字的无效？不，无效的还不只文字，你只顾呕尽心血来悬拟、揣测，总归是隔膜，那超人的灵府中的秘密，他的心情，他的思路，像宇宙的谜语一样，绝不是寻常的脑筋所能猜透的。你只懂得你能懂的东西；因此，谈到杜甫，只好拿不可思议的比不可思议的。凤凰你知道是神话，是子虚，是不可能。可是杜甫那伟大的人格，伟大的天才，你定神一想，可不是太伟大了，伟大得可疑吗？上下数千年没有第二个杜甫，（李白有他的天才，没有他的人格。）你敢信杜甫的存在绝对可靠吗？一切的神灵和类似神灵的人物都有人疑过，荷马有人疑过，莎士比亚有人疑过，杜甫失了被疑的资格，只因文献、史迹，种种不容抵赖的铁证，一五一十，都在我们手里。

子美自弱冠以后，直到老死，在四方奔波的时候多，安心求学的机会很少。若不是从小用过一番苦功，这诗人的学力哪得如此的雄厚？生在书香门第，家境即使贫寒，祖藏的书籍总还够他餍饫的。从七八岁到弱冠的期间，我们想象子美的生活，最主要的，不外作诗、作赋、读书、写擘窠大字……无论如何，闲游的日子总占少数。（从七岁以后，据他自称，四十年中做了一千多首诗文；一千多首作品是要时间做的。）并且多病的身体当不起剧烈的户外生活，读书学文便自然成了唯一的消遣。他的思想成熟得特别早，一半固由于天赋，一半大概也是孤僻的书斋生活酿成的。在书斋里，他自有他的世界。他的世界是时间构成的；沿着时间的航线，上下三四千年，来往地飞翔，他沿路看见的都是圣贤、豪杰、忠臣、孝子、骚人、逸士——都是魁梧奇伟、温馨凄艳的灵魂。久而久之，他定觉得那些庄严灿烂的姓名，和生人一般的实在，而且渐渐活现起来了，于是他看得见古人行动的姿态，听得到古人歌哭的声音。甚至他们还和他揖让周旋，上下议论；他成了他们其间的一员。于是他只觉得自己和寻常的少年不同，他几乎是历史中的人物，他和古人的关系比和今人的关系密切多了。他是在时间里，不是在空间里活着。他为什么不那样想呢？这些古人不是在他心灵里活动，血脉里运行吗？他的身体不是从这些古人的身体分泌出来的吗？是的，那政事、武功、学术震耀一时的儒将杜预便是他的十三世祖；那宣言"吾文章当得屈宋作衙官，吾笔当得王羲之北面"的著名诗人杜审言，便是他的祖父，他的叔父杜升是个为报父仇而杀身的十三岁的孝子；他的外祖母便是张说所称的那为监牢中的父亲"菲屦布衣，往来供馈，徒行悴色，伤动人伦"的孝女；他外祖母的兄弟，崔行芳，曾经要求给二哥代死，没有诏准，就同哥哥一起就刑了，当时称为"死悌"。你看他自己家里，同外家里，事业、文章、孝行、友爱——立德、立功、立言的人物这样多；他翻开近代的史乘，等于翻开自己的家谱。这样读着，对于一个青年的身心，潜移默化的影响，定是不可限量的。难怪一般的少年，他瞧不上眼。他是一个贵族，不但在族望上，便论德行和智慧，他知道，也应该高人一等。所以他的朋友，除了书本里的古人，就是几个有文名的老前辈。要他同一般行辈相等的庸夫俗子混在一起，是办不到的。看看这一段文字，便可想见当时那不可一世的气概：

> 性豪业嗜酒，嫉恶怀刚肠；脱略小时辈，结交皆老苍；饮酣视八极，俗物皆茫茫。

子美所以有这种抱负，不但因为他的血缘足以使他自豪，也不仅仅

是他不甘自暴自弃；这些都是片面的，次要的理由。最要紧的，是他对于自己的成功，如今确有把握了。崔尚、魏启心一般的老前辈都比他作班固、扬雄；他自己仿佛也觉得受之无愧。十四五岁的杜二，在翰墨场中，已经是一个角色了。

这时还有一件事也可以增长一个人的兴致。从小摆不脱病魔的纠缠，如今摆脱了。这件事竟许是最足令人开心的。因为毕竟从前那种幽闭的书斋生活不大自然；只因一个人缺欠了健康，身体失了自由，什么都没有办法。如今健康恢复了，有了办法，便尽量地追回以前的积欠，当然是不妨的，简直是应该的。譬如院子里那几棵枣树，长得比什么树都古怪，都有精神，枝子都那样剑拔弩张地挺着，仿佛全身都是劲。一个人如今身体强了，早起在院子里走走，往往也觉得浑身是劲，忽然看见它们那挑衅的样子，恨不得拣一棵抱上去，和它摔一跤，决个雌雄。但是想想那举动又未免太可笑了。最好是等八月来，枣子熟了，弟妹们只顾要枣子吃；枣子诚然好吃，但是当哥哥的，尤其身强力壮的哥哥，最得意的，不是吃枣子，是在那给弟妹们不断地供应枣子的任务。用竹篙子打枣子还不算本领。哥哥有本领上树，不信他可以试给他们看看。上树要上到最高的枝子，又得不让枣刺扎伤了手，脚得站稳了，还不许踩断了树枝，然后躲在绿叶里，一把把地撒下来；金黄色的，朱砂色的，红黄参半的枣子，花花剌剌地撒将下来，得让孩子们抢都抢不赢。上树的技术练高了，一天可以上十来次，棵棵树都要上到。最有趣的，是在树顶上站直了，往下一望，离天近，离地远，一切都在脚下，呼吸也轻快了，他忍不住大笑一声，那笑里有妙不可言的胜利的庄严和愉快。便是游戏，一个人的地位也要站得超越一点，才不愧是杜甫。

健康既经恢复了，年龄也渐渐大了，一个人不能老在家乡守着。他得看看世界。并且单为自己创作的前途打算，多少通都广邑，名山大川，也不得不瞻仰瞻仰。

二

大约在二十岁左右，诗人便开始了他的飘流的生活。三十五岁以前，是快意的游览，（仍旧用他自己的比喻）便像羽翮初满的雏凤，乘着灵风，踏着彩云，往濛濛的长空飞去，他胁下只觉得一股轻松，到处有竹实，有醴泉，他的世界是清鲜，是自由，是无垠的希望，和薛雷①的云雀一般，他是：

An unbodied joy whose race is just begun.

三十五岁以后，风渐渐尖峭了，云渐渐恶毒了，铅铁的穹隆在他背上逼压着，太阳也不见了，他在风雨雷电中挣扎，血污的翎羽在空中缤纷地旋舞，他长号，他哀呼，唱得越急切，节奏越神奇，最后声嘶力竭，他卸下了生命，他的挫败是胜利的挫败，神圣的挫败。他死了，他在人类的记忆里永远留下了一道不可逼视的白光；他的音乐，或沉雄，或悲壮，或凄凉，或激越，永远、永远是在时间里颤动着。

子美第一次出游是到晋地的郇瑕（今山西猗氏县），在那边结交的人物，我们知道的，有韦之晋。此后，在三十五岁以前，曾有过两次大举的游历：第一次到吴越，第二次到齐赵。两度的游历，是诗人创作生活上最需要的两种精粹而丰富的滋养。在家乡，一切都是单调、平凡，青的天笼盖着黄的地，每隔几里路，绿杨藏着人家，

① 今通译作雪莱。雪莱（Percy · Bysshe · Shelley，1792—1822 年），英国浪漫主义诗人、小说家。《致云雀》是其抒情诗的代表作之一。

白杨翳着坟地，分布得驿站似的呆板。土人的生活也和他们的背景一样的单调。我们到过中州的人都知道那是个什么样的去处；大概从唐朝到现在是不会有多少进步的。从那样的环境，一旦踏进山明水秀的江南，风流儒雅的江南，你可以想象他是怎样的惊喜。我们还记得当时和六朝，好比今天和昨日；南朝的金粉，王谢的风流，在那里当然还留着够鲜明的痕迹。江南本是六朝文学总汇的中枢，他读过鲍谢、江沈、阴何的诗，如今竟亲历他们歌哭的场所，他能不感动吗？何况重重叠叠的历史的舞台又在他眼前，剑池、虎丘、姑苏台、长洲苑、太伯的遗庙、阖闾的荒冢以及钱塘、剡溪、鉴湖、天姥——处处都是陈迹、名胜，处处都足以促醒他的回忆，触发他的诗怀。我们虽没有他当时纪游的作品，但是诗人的得意是可以猜到的。美中不足的只是到了姑苏，船也办好了，却没有浮着海。仿佛命数注定了今番只许他看到自然的秀丽，清新的面相；长洲的荷香，镜湖的凉意，和明眸皓齿的耶溪女……都是他今回的眼福；但是那瑰奇雄健的自然，须得等四五年后游齐赵时，才许他见面。

在叙述子美第二次出游以前，有一件事颇有可纪念的价值，虽则诗人自己并不介意。

唐代取士的方法分三种——生徒、贡举、制举。已经在京师各学馆，或州县各学校成业的诸生，送来尚书省受试的，名曰生徒。不从学校出身，而先在州县受试，及第了，到尚书省应试的，名曰贡举。以上两种是选士的常法。此外，每多少年，天子诏行一次，以举非常之士，便是制举。开元二十三年（七三六）子美游吴越回来，挟着那“气劘屈贾垒，目短曹刘墙”的气焰应贡举，县试成功了，在京兆尚书省一试，却失败了。结果没有别的，只是在够高的气焰上又加了一层气焰。功名的纸老虎如今被他戳穿了。果然，他想，真正的学问，真正的人才，是功名所不容的。也许这次下第，不但不能损毁，反足以抬高他的身价。可恨的许只是落第落在名职卑微的考功郎手里，未免叫人丧气。当时士林反对考功郎主试的风潮酝酿得一天比一天紧，在子美“忤下考功第”的明年，果然考功郎吃了举人的辱骂，朝廷从此便改用侍郎主试。

子美下第后八九年之间，是他平生最快意的一个时期，游历了许多名胜，结交了许多名流。可惜那期间是他命运中的朝曦，也是夕照，那几年的经历是射到他生命上的最始和最末的一道金辉；因为从那以后，世乱一天天地纷纭，诗人的生活一天天地潦倒，直到老死，永远闯不出悲哀、恐怖和绝望的环攻。但是末路的悲剧不忙提起，我们的笔墨不妨先在欢笑的时期多留连一会儿，虽则悲惨的下文早晚是要来的。

开元二十四五年之间，子美的父亲——闲——在兖州司马任上，子美去省亲，乘便游历了兖州、齐州一带的名胜，诗人的眼界于是更加开阔了。这地方和家乡平原既不同，和秀丽的吴越也两样。根据书卷里的知识，他常常想见泰山的伟大和庄严，但是真正的岱岳，那“造化钟灵秀，阴阳割昏晓”的奇观，他没有见过。这边的湍流、峻岭、丰草、长林都另有一种他最能了解，却不曾认识过的气魄。在这里看到的，是自然的最庄严的色相。惟有这边自然的气势和风度最合我们诗人的脾胃，因为所有磅礴郁结在他胸中的，自然已经在这景物中说出了；这里一丘一壑，一株树，一朵云，都能引起诗人的共鸣。他在这里勾留了多年，直变成了一个燕赵的健儿；慷慨悲歌，沉郁顿挫的杜甫，如今发现了他的自我。过路的人往往看见一行人马，带着弓箭旗枪，架着雕鹰，牵着猎狗，望郊野奔去。内中头戴一顶银盔，脑后斗大一颗红缨，全身铠甲，跨在马上的，便是监门胄曹苏预（后来避讳改名源明）。在他左首并辔而行的，装束略微平常，双手横按着长槊，却也是英风爽爽的一个丈夫，便是诗

人杜甫。两个少年后来成了极要好的朋友。这回同着打猎的经验，子美永远不能忘记，后来还供给了《壮游》诗一段有声有色的文字：

春歌丛台上，冬猎青丘旁；呼鹰皂枥林，逐兽云雪岗；射飞曾纵鞚，引臂落鹙鸧。苏侯据鞍喜，忽如携葛强。

原来诗人也学得了一手好武艺！

这时的子美，是生命的焦点，正午的日曜，是力，是热，是锋棱，是夺目的光芒。他这时所咏的《房兵曹胡马》和《画鹰》恰好都是自身的写照。我们不能不腾出篇幅，把两首诗的全文录下：

胡马大宛名，锋棱瘦骨成。竹批双耳峻，风入四蹄轻。所向无空阔，真堪托死生。骁腾有如此，万里可横行。——《房兵曹胡马》

素练风霜起，苍鹰画作殊。㧐身思狡兔，侧目似愁胡。绦镟光堪摘，轩楹势可呼。何当击凡鸟，毛血洒平芜！——《画鹰》

这两首和稍早的一首《望岳》，都是那时期里最重要的代表作品，实在也奠定了诗人全部创作的基础。诗人作风的倾向，似乎是专等这次游历来发现的；齐赵的山水，齐赵的生活，是几天的骄阳接二连三地逼成了诗人天才的成熟。

灵机既经触发了，弦音也已校准了，从此轻拢慢捻，或重挑急抹，信手弹去，都是绝调。艺术一天进步一天，名声也一天大一天。从齐赵回来，在东都（今洛阳）住了两三年，城南首阳山下的一座庄子，排场虽是简陋，门前却常留着达官贵人的车辙马迹。最有趣的是，那一天门前一阵车马的喧声，顿时老苍头跑进来报道贵人来了。子美倒屣出迎；一位道貌岸然的斑白老人向他深深一揖，自道是北海太守李邕久慕诗人的大名，特地来登门求见。北海太守登门求见，与诗人相干吗？世俗的眼光看来，一个乡贡落第的穷书生家里来了这样一位阔客人，确乎是荣誉，是发迹的吉兆。但是诗人的眼光不同。他知道的李邕，是为追谥韦巨源事，两次驳议太常博士李处，和声援宋璟，弹劾谋反的张昌宗弟兄的名御史李邕——是碑版文字，散满天下，并且为要压倒燕国公的"大手笔"，几乎牺牲了性命的李邕——是重义轻财，卑躬下士的李邕。这样一位客人来登门求见，当然是诗人的荣誉；所以"李邕求识面"可以说是他生平最得意的一句诗。结识李邕在诗人生活中确乎要算一件有关系的事。李邕的交游极广，声名又大，说不定子美后来的许多朋友，例如李白、高适诸人，许是由李邕介绍的。

三

写到这里，我们该当品三通画角，发三通擂鼓，然后提起笔来蘸饱了金墨，大书而特书。因为我们四千年的历史里，除了孔子见老子（假如他们是见过面的）没有比这两人的会面，更重大、更神圣、更可纪念的。我们再逼紧我们的想象，譬如说，青天里太阳和月亮走碰了头，那么，尘世上不知要焚起多少香案，不知有多少人要望天遥拜，说是皇天的祥瑞。如今李白和杜甫——诗中的两曜，劈面走来了，我们看去，不比那天空的异瑞一样的神奇，一样的有重大的意义吗？所以假如我们有法子追究，我们定要把两人行踪的线索，如何拐弯抹角时合时离，如何越走越近，终于两条路线会合交叉了——统统都记录下来。假如关于这件事，我们能发现到一些

翔实的材料，那该是文学史里多么浪漫的一段掌故！可惜关于李杜初次的邂逅，我们知道的一成，不知道的九成。我们知道天宝三载三月，太白得罪了高力士，放出翰林院之后，到过洛阳一次，当时子美也在洛阳。两位诗人初次见面，至迟是在这个当儿，至于见面时的情形，在什么时候，什么地方，也许是李邕的筵席上，也许是洛阳城内一家酒店里，也许……但这都是可能范围里的猜想，真确的情形，恐怕是永远的秘密。

有一件事我们却拿得稳是可靠的。子美初见太白所得的印象，和当时一般人得的，正相吻合。司马子微一见他，称他“有仙风道骨，可与神游八极之表”；贺知章一见，便呼他作“天上谪仙人”，子美集中第一首《赠李白》诗满纸都是企羡登真度此的话，假定那是第一次的邂逅，第一次的赠诗，那么，当时子美眼中的李十二，不过一个神采趣味与常人不同，有“仙风道骨”的人，一个可与“相期拾瑶草”的侣伴，诗人的李白没有在他脑中镌上什么印象。到第二次赠诗，说“未就丹砂愧葛洪”，回头就带着讥讽的语气问：

痛饮狂歌空度日，飞扬跋扈为谁雄？

依然没有谈到文字。约莫一年以后，第三次赠诗，文字谈到了，也只轻轻的两句“李侯有佳句，往往似阴铿”，不是什么了不得的恭维，可是学仙的话一概不提了。或许他们初见时，子美本就对于学仙有了兴味，所以一见了“谪仙人”，便引为同调；或许子美的学仙的观念完全是太白的影响。无论如何，子美当时确是做过那一段梦——虽则是很短的一段；说“苦无大药资，山林迹如埽”；说“未就丹砂愧葛洪”，起码是半真半假的心话。东都本是商贾贵族蜂集的大城，廛市的繁华，人心的机巧，种种城市生活的罪恶，我们明明知道，已经叫子美腻烦、厌恨了；再加上当时炼药求仙的风气正盛，诗人自己又正在富于理想的、如火如荼的浪漫的年华中——在这种情势之下，萌生了出世的观念，是必然的结果。只是杜甫和李白的秉性根本不同：李白的出世，是属于天性的，出世的根性深藏在他骨子里，出世的风神披露在他容貌上，杜甫的出世是环境机会造成的念头，是一时的愤慨。两人的性格根本是冲突的。太白笑“尧舜之事不足惊”，子美始终要“致君尧舜上”。因此两人起先虽觉得志同道合，后来子美的热狂冷了，便渐渐觉得不独自己起先的念头可笑，连太白的那种态度也可笑了；临了，念头完全抛弃，从此绝口不提了。到不提学仙的时候，才提到文字，也可见当初太白的诗不是不足以引起子美的倾心，实在是诗人的李白被仙人的李白掩盖了。

东都的生活果然是不能容忍了，天宝四载夏天，诗人便取道如今开封归德一带，来到济南。在这边，他的东道主，便是北海太守李邕。他们常时集会、宴饮、赋诗；集会的地点往往在历下亭和鹊湖边上的新亭。在座的都是本地的或外来的名士，内中我们知道的还有李邕的从孙李之芳员外和邑人蹇处士。竟许还有高适，有李白。

是年秋天太白确乎是在济南。当初他们两人是否同来的，我们不晓得；我们晓得他们此刻交情确是很亲密了，所谓“醉眠秋共被，携手日同行”，便是此时的情况。太白有一个朋友范十，是位隐士，住在城北的一个村子上。门前满是酸枣树，架上吊着碧绿的寒瓜，滃滃的白云镇天在古城上闲卧着——俨然是一个世外的桃源；主人又殷勤；太白常常带子美到这里喝酒谈天。星光隐约的瓜棚底下，他们往往谈到夜深人静，太白忽然对着星空出神，忽然谈起从前陈留采访使李彦如何答应他介绍给北海高天师学道箓，话说过了许久，如今李彦许早忘记了，他可是等得不耐烦了。子美听到那类的话，只是唯唯否否；直等话头转到时事上来，例如贵妃的骄奢，明皇的昏聩，以及朝里朝外的种种险象，他的感慨才潮水般地涌来。两位诗人谈着话，叹着气，主人只顾忙着筛酒，或许他有意见不肯说出来，或许压根儿没有意见。

英译李太白诗

《李白诗集》*The Works of Li Po, The Chinese Poet.*

小畑薰良译 Done into English Verse by Shigeyoshi Obata, E. P. Dutton & Co, New York City, 1922.

小畑薰良先生到了北京，更激动了我们对于他译的《李白诗集》的兴趣。这篇评论披露出来了，我希望小畑薰良先生这件惨淡经营的工作，在中国还要受到更普遍的注意，更正确地欣赏。书中虽然偶尔也短不了一些疏忽的破绽，但是大体上看起来，依然是一件很精密，很有价值的工作。如果还有些不能叫我们十分满意的地方，那许是应该归罪于英文和中文两种文字的性质相差太远了；而且我们应注意译者是从第一种外国文字译到第二种外国文字。打了这几个折扣，再通盘计算起来，我们实在不能不佩服小畑薰良先生的毅力和手腕。

这一本书分成三部分：（一）李白的诗；（二）别的作家同李白唱和的诗，以及同李白有关系的诗；（三）序，传，及参考书目。我把第一部分里面的李白的诗，和译者的序，都很尽心地校阅了，我得到无限的乐趣，我也发生了许多的疑窦。乐趣是应该向译者道谢的，疑窦也不能不和他公开地商榷。

第一，我觉得译李白的诗，最要注重鉴别真伪，因为集中有不

少的“赝鼎”，有些是唐人伪造的，有些是五代中国人伪造的，有些是宋人伪造的，古来有识的学者和诗人，例如苏轼讲过《草书歌行》《悲歌行》《笑歌行》《姑熟十咏》都是假的；黄庭坚讲过《长干行》第二首和《去妇词》是假的；萧士赞怀疑过的有七篇，赵翼怀疑过的有两篇；龚自珍更说得可怕——他说李白的真诗只有一百二十二篇，算起来全集中至少有一半是假的了。

我们现在虽不必容纳龚自珍那样极端的主张，但是讲李白集中有一部分的伪作，是很靠得住的。况且李阳冰讲了“当时著作，十丧其九”，刘全白又讲“李君文集，家有之而无定卷”。韩愈又叹道：“惜哉传于今，泰山一毫芒。”这三个人之中，阳冰是太白的族叔，不用讲了。刘全白、韩愈都离着太白的时代很近，他们的话应当都是可靠的。但是关于鉴别真伪的一点，译者显然没有留意。例如，《长干行》第二首，他便选进去了。鉴别的工夫，在研究文艺，已然是不可少的，在介绍文艺，尤其不可忽略。不知道译者可承认这一点？

再退一步说，我们若不肯断定某一首诗是真的，某一首是假的，至少好坏要分一分。我们若是认定了某一首是坏诗，就拿坏诗的罪名来淘汰它，也未尝不可以。尤其像李太白这样一位专仗着灵感作诗的诗人，粗率的作品，准是少不了的。所以选诗的人，从严一点，总不会出错儿。依我的见解，《王昭君》《襄阳曲》《沐浴子》《别内赴征》《赠内》《巴女词》，还有那证明李太白是日本人的朋友的《哭晁卿衡》一类的作品，都可以不必翻译。至于《行路难》《饯别校书叔云》《襄阳歌》《扶风豪士歌》《西岳云台歌》《鸣皋歌》《日出入行》等等的大作品，都应该入选，反而都落选了。这不知道译者是用的一种什么标准去选的，也不知道选择的观念到底来过他脑筋里没有。

太白最擅长的作品是乐府歌行，而乐府歌行用自由体译起来，又最能得到满意的结果。所以多译些《蜀道难》《梦游天姥吟留别》一类的诗，对于李太白既公道，在译者也最合算。太白在绝句同五律上固然也有他的长处；但是太白的长处正是译者的难关。李太白本是古诗和近体中间的一个关键。他的五律可以说是古诗的灵魂蒙着近体的躯壳，带着近体的藻饰。形式上的秾丽许是可以译的，气势上的浑璞可没法子译了。但是去掉了气势，又等于去掉了李太白。“我来竟何事，高卧沙丘城？城边有古树，日夕连秋声……”这是何等的气势，何等古朴的气势！你看译到英文，成了什么样子？

Why have I come hither，after all?
    Solitude is my lot at Sand Hill city
There are old trees by the city wall
    And many voices of autumn，day and night

这还算好的，再看下面的，谁知道那几行字就是译的“人烟寒橘柚，秋色老梧桐”？

The smoke from the cottages curls
    Up around the citron trees，
And the hues of late autumn are
    On the green paulownias.

这到底是怎么一回事？怎么中文的“浑金璞玉”，移到英文里来，就变成这样的浅薄，这样的庸琐？我说这毛病不在译者的手腕，是在他的眼光，就像这一类浑然天成的名句，它的好处太玄妙了，

太精微了，是禁不起翻译的。你定要翻译它，只有把它毁了完事！譬如一朵五色的灵芝，长在龙爪似的老松根上，你一眼瞥见了，很小心地把它采了下来，供在你的瓶子里，这一下可糟了！从前的瑞彩，从前的仙气，于今都变成了又干又瘪的黑菌。你搔着头，只着急你供养的方法不对。其实不然，压根儿你就不该采它下来，采它就是毁它，“美”是碰不得的，一黏手它就毁了，太白的五律是这样的，太白的绝句也是这样的。

峨眉山月半轮秋，影入平羌江水流。夜发青溪向三峡，思君不见下渝州。

The autumn moon is half round above Omei Mountain;

Its pale light falls in and flows with the water of the Pingchang River.

In-night I leave Chingchi of the limpid stream for the Three Canyons,

And glides down past Yuchow, thinking of you whom I can not see.

在诗后面译者声明了，这首诗译得太对不起原作了。其实他应该道歉的还多着，岂只这一首吗？并且《静夜思》《玉阶怨》《秋浦歌》《赠汪伦》《山中答问》《清平调》《黄鹤楼送孟浩然之广陵》一类的绝句，恐怕不只小畑薰良先生，实在什么人译完了，都短不了要道歉的。所以要省了道歉的麻烦，这种诗还是少译的好。

我讲到了用自由体译乐府歌行最能得到满意的结果。这个结论是看了好几种用自由体的英译本得来的。读者只要看小畑薰良先生的《蜀道难》便知道了。因为自由体和长短句的乐府歌行，在体裁上相差不远；所以在求文字的达意之外，译者还有余力可以进一步去求音节的仿佛。例如篇中几句“蜀道之难难于上青天”，是全篇音节的锁钥，是很重要的。译作“The road to Shu is more difficult to climb than to climb the steep blue heaven”两个（climb）在一句的中间作一种顿挫，正和两个难字的功效一样的；最巧的“难”同climb的声音也差不多，又如“上有六龙回日之高标，下有冲波逆折之洄川”译作：

Lo，the road mark high above，where the six dragons circle the sun!

The stream far below，winding forth and winding back，breaks into foam.

这里的节奏也几乎是原诗的节奏了。在字句的结构和音节的调度上，本来算韦雷（Athur Waley）① 最讲究。小畑薰良先生在《蜀道难》《江上吟》《远别离》《北风行》《庐山谣》几首诗里，对于这两层也不含糊。如果小畑薰良同韦雷注重的是诗里的音乐，陆威尔（Amy Luwell）② 注重的便是诗里的绘画。陆威尔是一个imagist③，字句的色彩当然最先引起她的注意。只可惜李太白不是一个雕琢字句、刻画词藻的诗人，跌宕的气势——排奡的音节是他的主要的特性。所以译太白与其注重词藻，不如讲究音节了。陆威尔不及小畑薰良只因为这一点；小畑薰良又似乎不及韦雷，也是因为这一点。中国的

① Athur Waley，今面译作亚瑟·威利。英国汉学家、文学翻译家。

② Amy Luwell，今通译作艾米·洛威尔。美国诗人

③ imagist，意象派诗人。

文字尤其中国诗的文字，是一种紧凑非常——紧凑到了最高限度的文字。像“鸡声茅店月，人迹板桥霜”。这种句子连个形容词动词都没有了；不用说那“尸位素餐”的前置词、连读词等等的。这种诗意的美，完全是靠“句法”表现出来的。你读这种诗仿佛是在月光底下看山水似的。一切的都隐在一层银雾里面，只有隐约的形体，没有鲜明的轮廓；你的眼睛看不准一种什么东西，但是你的想象可以告诉你无数的形体。温飞卿只把这一个一个的字排在那里，并不依着文法的规程替它们联络起来，好像新印象派的画家，把颜色一点一点地摆在布上，他的工作完了。画家让颜色和颜色自己去互相融洽，互相辉映——诗人也让字和字自己去互相融洽，互相辉映。这样得来的效力准是特别的丰富。但是这样一来中国诗更不能译了。岂只不能用英文译？你就用中国的语体文来试试，看你会不会把原诗闹得一团糟？就讲“峨眉山月半轮秋”，据小畑薰良先生的译文(参看前面)，把那两个 the 一个 is 一个 above 去掉了，就不成英文；不去，又不是李太白的诗了。不过既要译诗，只好在不可能的范围里找出个可能来。那么惟一的办法只是能够不增减原诗的字数，便不增减，能够不移动原诗字句的次序，便不移动，小畑薰良先生关于这一点，确乎没有韦雷细心。那可要可不要的 and，though，while 小畑薰良先生随便就拉来嵌在句子里了。他并且凭空加上一整句，凭空又给拉下一句。例如《乌夜啼》末尾加了一句 for whom I wonder 是毫无必要的。《送汪伦》中间插上一句 It was you and your friends come to bid me farewell 简直是画蛇添足。并且译者怎样知道给李太白送行的，不只汪伦一个人，还有“your friends”呢？李太白并没有告诉我们这一层。《经乱离后天恩流夜郎忆旧游书怀赠江夏韦太守良宰》里有两句“江带峨眉雪，横穿三峡流”，他只译作 And lo，the river swelling with the tides of Three Canyons.

试问“江带峨眉雪”的“江”字底下的四个字，怎么能删得掉呢？同一首诗里，他还把“君登凤池去，勿弃贾生才”十个字整个儿给拉下来了。这十个字是一个独立的意思，没有同上下文重复。我想定不是译者存心删去的，不过一时眼花了，给看漏了罢了。（这是集中最长的一首诗；诗长了，看漏两句准是可能的事。）可惜的只是这两句实在是太白作这一首诗的动机。太白这时贬居在夜郎，正在想法子求人援助。这回他又请求韦太守“勿弃贾生才”。小畑薰良先生偏把他的真正意思给漏掉了，我怕太白知道了，许有点不愿意罢？

译者还有一个地方太滥用他的自由了。一首绝句的要害就在三四两句。对于这两句，译者应当格外小心，不要损伤了原作的意味。但是小畑薰良先生常常把它们的次序颠倒过来了。结果，不用说了，英文也许很流利，但是李太白又给挤掉了。谈到这里，我觉得小畑薰良先生的毛病，恐怕根本就在太用心写英文了。死气板脸地把英文写得和英美人写的一样，到头读者也只看见英文，看不见别的了。

虽然小畑薰良先生这一本译诗，看来是一件很细心的工作，但是荒谬的错误依然不少。现在只稍微举几个例子。“石径”绝不当译作 stony wall，“章台走马著金鞭”的“著”，绝不当译作 lightly carried，“风流”绝不能译作 wind and stream，“燕山雪花大如席”的“席”也绝不能译作 pillow，“青春几何时”怎能译作 Green Spring and what time 呢？扬州的“扬”从“手”，不是杨柳的“杨”。但是他把扬州译成了 willow valley。《月下独酌》里“圣贤既已饮”译作 Both the sages and the wise were drunkers，错了。应该依韦雷的译法——of saint and sage I have long quaffed deep 才对。考证不正确的例子也有几个。“借问卢耽鹤”卢是姓，耽是名字，译者把“耽鹤”两个字当做名字了。紫微本是星的名字。紫微宫就是未央宫，不能

译为 imperial palace of purple。郁金本是一种草，用郁金的汁水酿成的酒名郁金香。所以“兰陵美酒郁金香”译作 The delicious wine of Lanling is of golden hue and flavorous，也不妥当。但是，最大的笑话恐怕是《白纻辞》了。这个错儿同 Ezra Pound① 的错儿差不多。Pound 把两首诗抟作一首，把第二首的题目也给抟到正文里去了。小畑薰良先生把第二首诗的第一句割了来，硬接在第一首的尾巴上。

我虽然把小畑薰良先生的错儿整套地都给搬出来了，但是我希望读者不要误会我只看见小畑薰良先生的错处，不看见他的好处。开章明义我就讲了这本翻译大体上看来是一件很精密，很有价值的工作。一件翻译的作品，也许旁人都以为很好，可是叫原著的作者看了，准是不满意的，叫作者本国的人看了，满意的许有，但是一定不多。Fitzgerald 译的 *Rubaiyat*② 在英文读者的眼里，不成问题，是译品中的杰作，如果让一个波斯人看了，也许就要摇头了。再要让莪默自己看了，定要跳起来嚷道“牛头不对马嘴”！但是翻译当然不是为原著的作者看的，也不是为懂原著的人看的，翻译毕竟是翻译，同原著当然是没有比较的。一件译品要在懂原著的人面前讨好，是不可能的，也是没有必要的。假使小畑薰良先生的这一个译本放在我眼前，我马上就看出了这许多的破绽来，那我不过是同一般懂原文的人一样地不近人情。我盼望读者——特别是英文读者不要上了我的当。

翻译中国诗在西方是一件新的工作，（最早的英译在一八八八年。）用自由体译中国诗，年代尤其晚。据我所知道的小畑薰良先生是第四个人用自由体译中国诗。所以这种工作还在尝试期中。在尝

① Ezra Pound，今通译作埃兹拉·庞德。美国意象派诗歌运动的代表人物，他从东方诗歌中生发出的“诗歌意象”理论，为东西方诗歌的发展与进步作出了可贵的贡献。

② Fitzgerald，今通译作菲茨杰拉德。Rubaiyat，指波斯诗人莪默·伽亚谟的诗集《鲁拜集》。

试期中，我们不应当期望绝对的成功，只能讲相对的满意。可惜限于篇幅，我不能把韦雷、陆威尔的译本录一点下来，同小畑薰良先生的作一个比较。因为要这样我们才能知道小畑薰良先生的翻译同陆威尔比，要高明得多，同韦雷比，超过这位英国人的地方也不少。这样讲来，小畑薰良先生译的《李白诗集》在同类性质的译本里，所占的位置很高了。再想起他是从第一种外国文字译到第二种外国文字，那么他的成绩更有叫人钦佩的价值了。

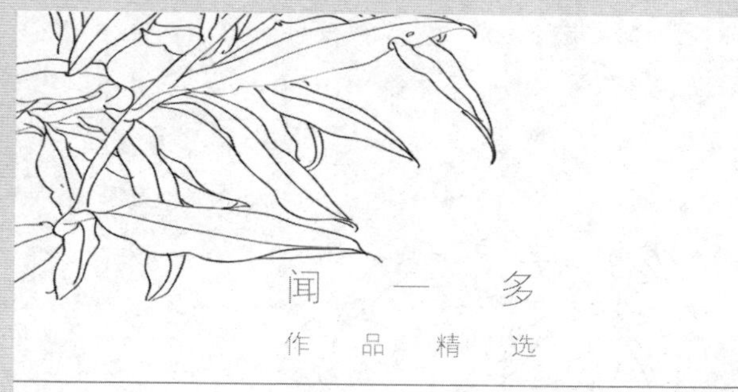

闻　一　多

作　品　精　选

诗与批评

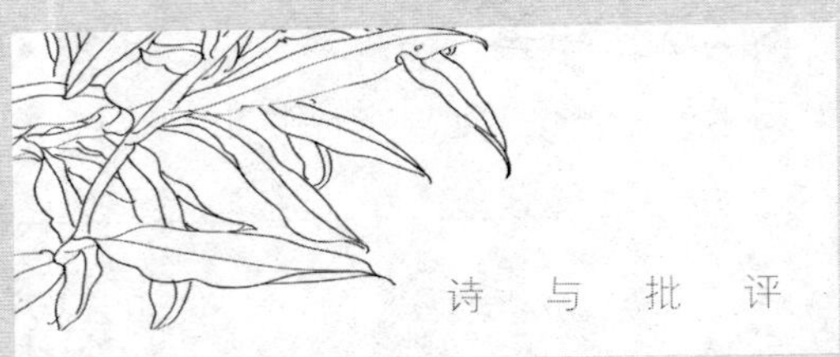

诗与批评

《冬夜》评论

一

他们喊道："诗坛空气太沉寂了！"于是《冬夜》《草儿》《湖畔》《蕙的风》《雪朝》继踵而出；深寂的空气果然变热闹了。唉！他们终于是凑热闹啊！热闹是个最易传染的症，所以这时难得是坐在一边，虚心下气地就正于理智的权衡；纵能这样，也未见得受人欢迎，但是——

> 慷慨的批评家扇着诗人的火，
> 并且教导世界凭着理智去景仰。

所以越求创作发达，越要推重批评。尤其在今日，我很怀疑诗神所踏入的不是一条迷途，所以不忍不厉颜正色，唤它赶早回头。这条迷途便是那畸形的滥觞的民众艺术。鼓吹这个东西的不止一天了；只是到现在滥觞的效果明显实现，才露出它的马脚来了。拿它自己的失败的效果作赃证，来攻击论调的罪状，既可帮助醒豁群众的了解，又可省却些批评家的口舌。早些儿讲是枉费精力，晚些了呢，又恐怕来不及了；只有今天恰是时候。

我本想将当代诗坛中已出集的诸作家都加以精审地批评，但以时间的关系只能成此一章。先评《冬夜》，虽是偶然拣定，但以《冬夜》代表现时的作风，也不算冤枉它。评的是《冬夜》，实亦可三隅反。

> 撼树蚍蜉自觉狂，
> 书生技痒爱论量。（元好问）

《冬夜》作者自己说第一辑“大都是些幼稚的作品”，“第二辑的作风似太烦碎而枯燥了，且不免有些晦涩之处”。照我看来，这两辑未见得比后两辑坏得了多少，或许还要强一点。第一辑里《春水》《船》《芦》，第二辑里《绍兴西郭门头的半夜》《潮歌》同《无名的哀诗》都是《冬夜》里出色的作品。当然依作者自己的主张——所谓诗的进化的还原论者——讲起来，《打铁》《一勺水啊》等首，要算他最得意的了；若让我就诗论诗，我总觉得第四辑里没有诗，第三辑里倒有些上等作品，如《黄鹄》《小劫》《孤山听雨》同《凄然》。

二

《冬夜》给我最深刻的印象是它的音节。关于这点，当代诸作家，没有能同俞君比的。这也是俞君对新诗的一个贡献。凝炼、绵密、婉细是他的音节特色。这种艺术本是从旧诗和词曲里蜕化出来的。词曲的音节当然不是自然的音节；一属人工，一属天然，二者是迥乎不同的。一切的艺术应以自然作原料，而参以人工，一以修饰自然的粗率，二以渗渍人性，使之更接近于吾人，然后易于把捉而契合之。诗——诗的音节亦不外此例。一切的用国语作的诗，都得着相当的原料了。但不是一切的语体都具有人工的修饰。别的作家间有少数修饰的产品，但那是非常的事。俞君集子里几乎没有一首音节不修饰的诗，不过有的太嫌音节过火些。（或许这“修饰”两字用得有些犯毛病。我应该说“艺术化”，因为要“艺术化”才能产出艺术，一存心“修饰”，恐怕没有不流于“过火”之弊的。）

胡适之先生自序再版《尝试集》，因为他的诗中词曲的音节进而为纯粹的“自由诗”的音节，很自鸣得意。其实这是很可笑的事。旧词曲的音节并不全是词曲自身的音节，音节之可能性寓于一种方言中，有一种方言，自有一种“天赋的”（inherent）音节。声与音的本体是文字里内含的质素；这个质素发之于诗歌的艺术，则为节奏、平仄、韵、双声、叠韵等表象。寻常的言语差不多没有表现这种潜伏的可能性的力量，厚载情感的语言才有这种力量。诗是被热烈的情感蒸发了的水汽之凝结，所以能将这种潜伏的美十足地、充分地表现出来。所谓“自然音节”最多不过是散文的音节。散文的音节当然没有诗的音节那样完美。俞君能熔铸词曲的音节于其诗中，这是一件极合艺术原则的事，也是一件极自然的事，用的是中国的文字，作的是诗，并且存心要作好诗，声调铿锵的诗，怎能不收那样的成效呢？我们若根本地不承认带词曲气味的音节为美，我们只有两条路可走：甘心作坏诗——没有音节的诗，或用别国的文字作诗。

但是前面讲到旧词曲的音节，并不“全”是词曲自身的音节。然则有一部分是词曲自身的音节吗？是的，有一小部分。旧词曲所用的是“死文字”。（却也不全是的，词曲文字已渐趋语体了。）如今这种“死文字”中有些语助词应该摒弃不用，有些文法也该摒弃不用。这两部分删去，于我们文字的声律（prosody）上当然有些影

响；但这种影响并不能及于词曲音节的全部。所以我们不好说因为其中有些语助词同文法不当存在，词曲的音节便当完全推翻。总括一句，词曲的音节在新诗的国境里并不全体是违禁物，不过要经过一番查验拣择罢了。

现在只要看在《冬夜》里这种查验拣择的手段做到家了没有。朱序里说道："后来便就他们的腔调去短取长，重以己意熔铸一番，便成了他自己的独特音律。"我倒有些怀疑这句话呢！像这样的句子——

看云生远山，
听雨来远天。

既然孤冷，因甚疯颠？
仰头相问，你不会言！
皱面开纹，活活水流不住。

径直是生吞活剥了，哪里见得出"熔铸"的工夫来呢？《忆游杂诗》几乎都是小令词。现在信手摘几段作例——

白象鼻，青狮头，
上垂袅袅青丝萝；
大鱼潭底游。

到夕阳楼上；
慢步上平冈，山头满夕阳。

野花染出紫春罗，
城郭江河都在画图；
霎眼千山云白了，
如何？如何？

瓜州一绿如裙带，
山色苍苍江色黄，
为什么金山躲了水中央。

这些不过是几个极端的例子；还有那似熔半熔，半生不熟的篇什，不胜枚举了。《归路》《仅有的伴侣》可以作他们的代表。至于《冬夜》的音节好的一方面，朱序里论“精炼的词句和音律”一节内，已讲得很够了。除要我订正而已经在上面订正了的一点以外，我还要标出《凄然》一首，为全集最佳的音节的举隅。不滑、不涩恰到好处，兼有自然与艺术之美的音节，再没有能超过这一首的了。

上面所讲的这一大堆话，才笼统地说明了一件事——《冬夜》与词曲的音节之关系。在词曲的音节之背地到底有些什么相互的因果的关系同影响——这些都是我要在下面详细讨论的。

像《冬夜》里词曲音节的成分这样多，是它的优点，也便是它的劣点。优点是它音节上的赢获，劣点是他意境上的亏损。因为太拘泥于词曲的音节，便不得不承认词曲的音节之两大条件：中国式的词调及中国式的意象。中国的意象是怎样的粗率简单，或是怎样的不敷新文学的用，傅斯年君的《怎样作白话文》里已讲得很透彻了（《新潮》一卷二号）。我们知道那些，便容易了解《冬夜》该吃了多大一个亏。如今我们先论词调。傅君所说“横里伸张”，真当移作《冬夜》里一般作品的写照。让我从《仅有的伴侣》里抽一节出

来作证——

可东可西，飞的踪迹；
没晓没晚，滚的间歇；
无远无近，推的了结；
呆瞧人家忙忙碌碌。
可只瞧忙碌！
不晓“为什么？为什么？”
飞——飞他的；
滚——滚他的；
推——推他们的。
有从来，有处去，
来去有个所以。
尽飞，尽滚，尽推；
自有飞不去，滚不到，推不动的时候。
伙伴散了——分头，
他们悠悠，
我何啾啾！
况——踪迹，间歇，了结，
是他们，是我的，
怎生分别。

我不知道十九行里到底讲了些什么话。只听见“推推”“滚滚”，啰唆了半天，故求曲折，其实还是其直如矢，其平如砥。但是不把它同好的例来比照，还不容易觉得它的浅薄。

我们再看下面郭沫若君的两行字里包括了多少意思——

云衣灿烂的夕阳，

照过街坊上的屋顶来笑向着我。(《无烟煤》)

我们还要记着《冬夜》里不只《仅有的伴侣》一首有这种松浅平泛的风格，且是全集有十之六七是这样的。我们试想想看：读起来那是怎样的令人生厌啊！固然我们得承认，这种风格有时用的得当，可以变得极绵密极委婉，如本集中《无名的哀诗》便是，但是到“言之无物”时，便成魔道了。

以上是讲它的章的构造。次论句的构造。《冬夜》里的句法简单，只看他们的长度就可证明。一个主词，一个谓词，结连上几个“用言”或竟一个也没有——凑起多不过十几个字。少才两个字的也有。例如：《起来》《别后底初夜》《最后的洪炉》《客》《夜月》等等，不计其数。像《女神》这种曲折精密层出不穷的欧化的句法，哪里是《冬夜》梦想得到的啊！——

啊！我与其学做个泪珠的鲛人，

返向那沉黑的海底流泪偷生。

宁在这缥缈的银辉之中，

就好像那个坠落了的星辰，

曳着带幻灭的美光，

向着“无穷”长殒。(《密桑索罗普之夜歌》)

傅斯年君讲中国词调的粗率是“中国人思想简单的表现”。我可不知道是先有简单的思想然后表现成《冬夜》这样的粗率的词调呢？还是因为太执著于词曲的音节——一种限于粗率的词调的音节——就是有了繁密的思想也无从表现得圆满。我想末一种揣度是对些。

或说两说都不对。根据作者的“诗的进化的还原论”的原则，这种限于粗率的词调的词曲的音节，或如朱自清所云“易为我们领解、采用”，所以就更近于平民的精神；因为这样，作者或许就宁肯牺牲其繁密的思想而不予以自由的表现，以玉成其作品的平民的风格吧！只是得了平民的精神，而失了诗的艺术，恐怕有些得不偿失哟！

现今诗人除了极少数的——郭沫若君同几位“豹隐”的诗人梁实秋君等——以外，都有一种极沉痼的通病，那就是弱于或竟完全缺乏幻想力，因此他们诗中很少浓丽繁密而且具体的意象。关于幻想的本身，在后面我还要另论。这里我只将他影响或受影响于词曲的音节者讲一讲。音节繁促则词句必短简，词句短简则无以载浓丽繁密而且具体的意象。——这便是在词曲的音节之势力范围里，意象之所以不能发展的根由。词句短简，便不能不只将一个意思的模样略略地勾勒一下，至于那些枝枝叶叶的装饰同雕镂，都得牺牲了。因为这样《冬夜》所呈于我们的心眼之前的图画不是些——

疏疏的星，
疏疏的树林，
疏疏外，疏疏的灯。

同——

几笔淡淡的老树影。

便是些——

在迷迷蒙蒙里。

离开，依依接着，
才来翩翩忽去。

同——

乱丝一球的蓬蓬松松着。

的东西。

换言之，他所遗的印象是没有廓线的，或只有廓线的，假使《冬夜》有香有色，他的：

香只悠悠着，
色只渺渺着。

试拿一本词或曲来看看，我们所得的印象，大体也同这差不多，不过那些古人的艺术比我们高些，就绘出那——

一春梦雨常飘瓦，
尽日灵风不满旗。

的仙境，

一个绮丽的蓬莱的世界，
被一层银色的梦轻轻锁着，

但是我总觉得作者若能摆脱词曲的记忆，跨在幻想的狂恣的翅膀上

遨游，然后大着胆引吭高歌，他一定能拈得更加开阔的艺术。

西诗中有一种长的复杂的 Homeric simile①，在中国旧诗里找不出的，因为他们的篇幅，同音节的关系，更难梦见。这种写法是大模范的叙事诗（epic）中用以减煞叙事的单调之感效的伎俩。中国旧文学里找不出这种例子，也正是中国没有真正的叙事诗的结果。假若新诗的责任中含有取人的长处以补己的短之一义，这种地方不应该不特加注意。

三

我们若再将《冬夜》的音节分析下去，还可发现些更为《冬夜》之累的更抽象、更琐碎的特质，它们依然是跟着词曲的音节一块走的些质素。

破碎是它的一个明显的特质，零零碎碎杂杂拉拉，像裂了缝的破衣裳，又像脱了榫的烂器具，——看啊！——

> 一所村庄我们远远望到了。
> “我很认得！
> 那小河，那些店铺，
> 我实在认得！”
> “什么名儿呢？”
> “我知道呢！”
> “既叫不出如何认得？”
> “也不妨认得，
> 认得了却依然叫不出。”

---

① Homeric simile，荷马式的比喻，也被称作“复杂型明喻。”

"你不怕人家笑话你?"

"笑什么！要笑便笑你!"

走着，笑着。

我们已到了！(七五页)

再看——

仔细地瞅去，再想去，

可瞅够了？可想够了？

可来了吗？……什么？

想想！……又什么？(一四八页)

《冬夜》里多半的作品，不独意思散漫，造句破碎，而且标点也用得过多；所以结果便越加现着像——

零零落落的各三两堆，

……

碎瓦片，小石头，

都精赤地露着。(一二六页)

标点当然是新文学的一个新工具——很宝贵的工具。但是小孩子从来没使过刀子，忽然给了他一把，裁纸也是它，削水果也是它，雕桌面也是它，砍了指头也是它。可怜没有一种工具不被滥用的，更没有一种锐利的工具不被滥用以致招祸的！《冬夜》里用标点用得好的作品固有，但是这几处竟是小孩子拿着刀子砍指头了——

一切啊，……

牲口，车子，——走。（一四七页）

同——

一阵麻雀子（?）惊起了。（一〇七页）

你！

你！！……（一八一页）

同——

“我忍不得了，

实在眷恋那人世的花。”

…………

“然则——你去吧！”（一九五页）

我总觉得一个作者若常靠标点去表示他的情感或概念，他定缺少一点力量——“笔力”。当然在上面最末的两个例里，作者用双惊叹号（!!）同删节号（……）所要表现的意义是比寻常的有些不同。在别的地方，哭就说哭，笑就说笑，痛苦激昂就说痛苦激昂；但在这里的，似乎是一种逸于感觉的疆域之外的——

Thoughts hardly to be packed.

Into a narrow act.

Fancies that broke thro’ language and escaped.

在一个艺术幼稚的作家，遇着这种境地，当然迫于不得已就玩一点滑头，用几个符号去混过它，但是一个——

龙文百斛鼎，笔力可独扛

的健将，偏认这些险隘的关头为摆弄他的神技最快意的地方。因为艺术，诚如白尔（Clive Bell）所云，是“一个观念的整体的实现，一个问题的全部的解决”。艺术家喜给自己难题作，如同数学家解决数学的问题，都是同自己为难以取乐。这种嗜好起源于他幼时的一种自虐本能［masochistic instinct，见莫德尔（Mordell）的《文学中爱的动机》］。在诗的艺术，我们所用以解决这个问题的工具是文字，好像在绘画中是油彩和帆布，在音乐是某种乐器一般。当然，在艺术的本体同它的现象——艺术品的中间，还有很深的永难填满的一个坑谷，换言之，任何种艺术的工具最多不过能表现艺术家当时的美感三昧（aesthetic ecstasy）之一半。这样看来，工具实是有碍于全体的艺术之物；正同肉体有碍于灵魂，因为灵魂是绝对地依赖着肉体，以为表现其自身的唯一的方便。

无端地被着这囚笼，
闷损了心头的快乐，——
哇的一声要吐出来了，
终于脱不了皮肉的枷锁！

但是艺术的工具又同肉体一样，是个必需的祸孽；所以话又说回来了，若是没有它，艺术还无处寄托呢！

Spite of this flesh today.

I strove, made head, gained ground upon the whole.

文字之于诗也正是这样，诗人应该感谢文字，因为文字作了它的“用力的焦点”，他的职务（也是他的权利）是依然用白尔的话“征服一种工具的困难”，——这种工具就是文字。所以真正的诗家正如韩信囊沙背水，邓艾缒兵入蜀，偏要从险处见奇。下面是克慈(Keats)①

Obstinate, Silence came heavily again,
Feeling about for its old Couch of Space,
And airy Cradle.

在这个场合，给《冬夜》的作者恐怕又是一行“……”就完了。临阵脱逃的怯懦者哟！

另一特质是啰唆。本是个很简单的意思，要反复地尽要半天；故作风态，反得拙笨，强求深蕴，实露浅俗。——这都由于“言之无物”，所以成为貌实神虚。《哭声》第二节正是这样；但因篇幅太长，不便征引。现在引几个短的——

不信他，还信什么？
信了他，我还浮游着；
信他又为什么？（二八页）

---

① 今通译作济慈约翰·济慈（John Keats，1795—1821 年），英国浪漫主义诗人。

这关着些什么？
且正远着呢！
是的，原不关些什么！（五九页）
……

错是错了，
不解只是不解了！
不解所以错了，
不解就是错了；
这或然是啊。

我错了！
我将终于不解了！（二二三页）

还有一首《愿你》同《尝试集》里的《应该》是一个模子里铸出来的，不过徒弟比师父还要变本加厉罢了——

愿你不再爱我，
愿你学着自爱罢。
自爱方是爱我了，
自爱更胜于爱我了！

我愿去躲着你
碎了我的心，
但却不愿意你心为我碎啊！
好不宽恕的我，

你能宽恕我吗？

我可以请求你的宽恕吗？

你心里如有我，

你心里如有我心里的你；

不应把我怎样待你的心待我，

应把我愿意你怎样待我的心去待我。

作者或许以这堆“俏皮话”很能表现情人的衷曲；其实是东施效颦一样，扭腰瘪嘴地故作妩媚，只是令人作呕罢了！新诗的先锋者啊！“始作俑者，其无后乎”！

又有一个特质是重复。这也可说是从啰唆旁出的一种毛病，在《冬夜》里是再普遍没有了。篇幅只许我稍举一两个例——

虽怪可思的，也怪可爱的；

但在哪里呢？

但在哪里呢？（二二七页）

这算什么，成个什么呢！

唉！以前的，以前的幻梦，

都该抛弃，都该抛弃。（一七页）

这是句的重复，还有字的重复，更多极了。什么“来来往往”“迷迷蒙蒙”“慢慢慢慢的”“远远远远地”——这类的字样散满全集。还有这样一类的句子——

看丝丝缕缕层层叠叠浪纹如织，（三页）

推推挤挤往往行行，越去越远。（二三页）

唠唠叨叨，颠颠倒倒地咕噜着。（一七八页）

随随便便歪歪斜斜积着，铺着，岂不更好！（一五八页）

叠句叠字法一经滥用到这样，它的结果是单调。

关于《冬夜》的音节，我已经讲得很多了，太多了。诗的真精神其实不在音节上。音节究属外在的质素，外在的质素是具质成形的，所以有分析、比量的余地，偏是可以分析比量的东西，是最不值得分析比量的。幻想，情感——诗的其余的两个更重要的质素——最有分析比量的价值的两部分，倒不容分析比量了；因为他们是不可思议同佛法一般的。最多我们只可定夺他的成分的有无，最多许可揣测他的度量的多少；其余的便很难像前面论音节论的那样详殚了。但是可惜得很，正因他们这样的玄秘性，他们遂被一般徒具肉眼——或竟是瞎眼的诗人——诗的罪人——所忽视，他们偿了玄秘性的代价。不幸的诗神啊！他们争着替你解放，“把从前一切束缚‘你的’自由的枷锁镣铐……打破”；谁知在打破枷锁镣铐时，他们竟连你的灵魂也一齐打破了呢！不论有意无意，他们总是罪大恶极啊！

四

在这里我们没有工夫讨论情感同幻想为什么那样重要。天经地义的道理的本身光明正大有什么可笑的呢？不过正因为他们是天经地义，人人应该已经习知，谁若还来讲它，足见他缺乏常识，所以可笑了。我们现在要研究的是《冬夜》里这两种成分到底有多少。先讲幻象。

幻象在中国文学里素来似乎很薄弱。新文学——新诗里尤其缺乏这种质素，所以读起来总是淡而寡味，而且有时野俗得不堪。《草儿》《冬夜》两诗集同有此病；今来查验《冬夜》。先从小的地方起，我们来看《冬夜》的用字何如。前面我已指出叠字法的例子很多；在那里从音节的一方面看来，滥用叠字便是重复，其结果便是单调的感效。在这里从幻想一方面看来，滥用叠字的罪过更大，——就是幻想自身的亏缺。韦雷（Arthur Waley）讲中国文里形容词没有西文里用得精密，如形容天则曰“青天”“蓝天”“云天”，但从没有称为“凯旋”（triumphant）或“鞭于恐怖”（terror scourged）者，这种批评《冬夜》也难脱逃。他那所用的字眼——形容词状词——差不多还是旧文库里的那一套老存蓄。在这堆旧字眼里，叠字法究居大半；如“高山正苍苍，大野正茫茫”“新鬼们呦呦地叫，故鬼们啾啾地哭”“风来草拜声萧萧”“华表巍巍没字碑”，等等，不计其数。这种空空疏疏模模糊糊的描写法使读者丝毫得不着一点具体的印象，当然是弱于幻想力的结果。斯宾塞同拉拔克①（Lubbock）两人都讲重复的原则——即节奏——帮助造成了很“原始的”字。拉拔克并发现原始民族的文字中每一千字有三十八至一百七十字是叠音字，但欧洲的文字中每千字只有两字是的。这个统计正好证明欧洲文字的进化不复依赖重叠抽象的声音去表示他们的意象，但他们的幻想之力能使他们以具体的意象自缀成字。中国文字里叠音字也极多，这正是它的缺点。新诗应该急起担负改良的责任。

《冬夜》里用字既已如上述，幻想之空疏庸俗，大体上也可想而知了。全集除极少数外稍微有些淡薄的幻想的点缀，其余的恰好用

---

① 今通译作卢伯克。珀西·卢伯克（Percy Lubbock，1879—1965），英国小说理论家。

作者自己的话表明——

这间看看空着，
那间看看还是空着，
……
怎样的空虚无聊！（一〇八页）

最有趣的一个例是《送缉斋》的第三四行——

行客们磨蚁般打旋，
等候着什么似的。（五〇页）

用打旋的磨蚁比月台上等车的熙熙攘攘的行客们，真是再妙没有了。但是底下连着一句"等候着什么似的"，那"什么"到底是什么呢，就想不出了。两截互相比照可以量出作者的"笔力"之所能到，同所不能到之处了。《冬夜》里见"笔力"——富于幻想的作品也有些。写景的如《春水船》里胡适教授所赏的一段，不必再引了。《绍兴西郭门头的半夜》的头几行，径直是一截活动影片了——

乌篷推起，我踞在船头上。
三里——五里——
如画的女墙傍在眼前；
臃肿的山，那瘦怯的塔，
也悄悄地各自移动。（四六页）

同首末节里描写铁炉的一段也就惟妙惟肖了——

风炉抽动，蓬蓬地涌起一股火柱，
上下炫耀着四围。
酱赭的皮肉，蓝紫的筋和脉，
都在血黄色的芒角下赤裸裸地。
流铁红满了勺子，猛然间泻出；
银电的一溜，花筒也似的喷溅。
眩人的光呀！劳人的工呀！(四八页)

还有《在路上的恐怖》中的这一段，也写得历历如画——

一盏黄蜡般的油灯，
射那灰尘扑落的方方格子。
她灯前做着活计，
红皴皴的脸映着侧面来的火光，
手很应节地来往。(六三页)

有一处用笔较为轻淡，而其成效则可与《草儿》中写景最佳处抗衡——

落日恋着树梢，
羊缚在树边低着头颈吃草，
墩旁的人家赶那晚晴晾衣。(一〇九页)

其余的意象很好颇有征引的价值者，便是下面这些了——

……

也暂时温暖起“儿时”的滋味，
依稀酒样的酽，睡样的甜。（一一一页）

或者像小孩子的手，
把和生命一起来的铁练，
像粉条扯得寸断了，
抹一抹尊者的金脸。（一一六页）

锄头亲遍地母嘴，
刀头喝饱人间血！（一九八页）

有人煨灶猫般地蜷着，
听风雨的眠歌儿，
催他迷迷糊糊向着一处。（六二页）

上列的四个例在《冬夜》里都算特出的佳句；但是比起冰心女士的——

听声声算命的锣儿，
敲破世人的命运。

或郭沫若君的——

弯弯的海岸，好像Cupid① 的弓弩呀！

① Cupid，丘比特。

人的生命便是箭，正在海上放射呀！

便又差远了。这两位诗人的话，不独意象奇警，而且思想隽远耐人咀嚼。《冬夜》还有些写景写物的地方，能加以主观的渲染，所以显得生动得很，此即华茨活所谓“渗透物象的生命里去了”——

岸旁的丛草没消尽他们的绿意，
明知道是一年最晚的容光了，
垂垂的快蘸着小河的脸。
树迎着风，草迎着风；
他俩实在都老了，
尽是皮赖着。
不然——
晚秋也太憔悴啊！（七二页）

但这里的意思和《风底话》里颇有些雷同——

白云粘在天上，
一片一团的嵌着堆着。
小河对他，
也板起灰色脸皮不声不响。
枝儿枯了，叶儿黄了
但他俩忘不了一年来的情意，
愿厮守老丑的光阴，
安安稳稳地挨在一起。（二二页）

集中有最好的意象的句子，现在我差不多都举了。可惜这些在全集中只算是一个很微很微的分数。

恐怕《冬夜》所以缺少很有幻象的作品，是因为作者对于诗——艺术的根本观念的错误。作者的《诗的进化的还原论》内包括两个最紧要之点，民众化的艺术与为善的艺术。这篇文已经梁实秋君驳过了，我不必赘述。且限于篇幅也不能赘述。我现在只要将俞君的作品的缺憾指出来，并且证明这些缺憾确是作者的谬误的主张的必然的结果。《冬夜》自序里讲道："我只愿随随便便地活活泼泼地借当代的言语去表现出自我，在人类中间的我，为爱而活着的我。至于表现的……是诗不是诗，这都和我的本意无关，我以为如要顾念到这些问题，就可根本上无意作诗，且亦无所谓诗了。"俞君把作诗看作这样容易，这样随便，难怪他作不出好诗来。鸠伯（Joubert）讲："没有一个不能驰魂褫魄的东西能成为诗的，在一方面讲，Lyre① 是样有翅膀的乐器。"麦克孙姆（Hiram Maxim）讲："作诗永远是一个创造庄严的动作。"诗本来是个抬高的东西，俞君反拼命地把它往下拉，拉到打铁的抬轿的一般程度。我并不看轻打铁抬轿的人格，但我确乎相信他们不是作好诗懂好诗的人。不独他们，便是科学家、哲学家也同他们一样。诗是诗人作的，犹之乎铁是打铁的打的，轿是抬轿的抬的。惟其俞君要用打铁抬轿的身份眼光，依他们的程度去作诗，所以就闹出这一类的把戏来了——

怕疑心我是偷儿呢；
这也说不定有的。
但他们也太装幌子了！
老实说一句：

① Lyre，里尔琴，古希腊人用的乐器。

在您贵庙里
我透熟的了，
可偷的有什么？
神像，房子，那地皮！（一〇七页）

列车斗的寂然，
到哪一站了？
我起来看看。
路灯上写着“泊头”，
我知道，到的是泊头。

过了多少站，
泊头的经过又非一次，
我怎么独关心今天的泊头呢？（二三四页）

“八毛钱一筐！”
卖梨者的呼声。
我渴极了，
却没有这八毛钱。

梨始终在筐子里，
现在也许还在筐子里，
但久已不关我了，
这是我这次过泊头，最遗恨的一件事。（二三五页）

照这样看来，难怪作者讲：“我严正声明我作的不是诗。”新诗假若还受人攻击，受人贱视，定归这类的作品负责。《冬夜》里还有些零碎的句子，径直是村夫市侩的口吻，实在令人不堪——

> 路边，小山似的起来，
> 是山吗？呸！
> 瓦砾堆满了的“高墩墩”。（一二六页）

> 枯骨头，华表巍巍没字碑，
> 招什么？招个——呸！（二〇一页）

> 去远了——
> 唅！回来罢！（一五五页）

> 来时拉纤，去时溜烟；（一〇九页）

同

> 就难免“鳖脚”样的拖泥带水。（一〇一页）

戴叔伦讲：“诗人之词如蓝田日暖，良玉生烟。”作诗该当怎样雍容冲雅，“温柔敦厚”！我真不知道俞君怎么相信这种叫嚣粗俗之气便可入诗！难道这就是所谓“民众化”者吗？

五

《冬夜》里情感的质素也不是十分丰富。热度是有的，但还没到

史狄芬生所谓“白热”者。集中最特出的一种情感是“人的热情”——对于人类的深挚的同情。《游皋亭山杂诗》第四首有一节很足以表现作者的胸怀——

在这相对微笑的一瞬，
早拴上一根割不断的带子。
一切含蓄着的意思，
如电地透过了，
如水地融和了。
不再说我是谁，
不再问谁是你，
只深深觉着有一种不可言，不可说的人间之感！（七七页）

集中表现最浓厚的“人间之感”的作品，当然是《无名的哀诗》——

酒糟的鼻子，酒糟的脸。
抬着你同样的人，喘吁吁地走；

只这“同样”两个字里含着多少的嫉愤，多少的悲哀！其次如《鹞鹰吹醒了的》也自缠绵悱恻，感人至深。这首诗很有些像易卜生的《傀儡之家》：

……
哭够了，撇了跑。

不回头么，回头只说一句话：
“几时若找着了人间的爱，
我张开手搂你们俩啊！”（一四五页）

比比这个——

郝尔茂　但是我却相信他。告诉我？我们须变到怎样？——

挪拉　须变到那步田地，使我们同居的生活可以算得真正的夫妻。再见吧！

《哭声》比较前两首似乎差些。他着力处固是前两首所没有的——

说是白哟！
埋在灰烬下的又焦又黑。
让红眼睛的野狗来收拾，
刮刮地，衔了去，慢慢啃着吃，
咂着嘴舐那附骨的血，
衔不完的扔在瓦砾。（一三二页）

但总觉得有些过火，令人不敢复读。韩愈的《元和圣德诗》里写刘辟受刑的一段至因这样受苏辙的批评。我想苏辙的批评极是，因为“丑”在艺术上固有相当的地位，但艺术的神技应能使“‘恐怖’穿上‘美’的一切的精致，同时又不失其要质”。（Horror puts on all the deintiness of beauty，losing none of its essence.）

如同薛雷的——

Foodless Toads
Within voluptuous chambers panting crawled.

首节描写“高墩墩”上“披离着几十百根不青不黄的草”，将他比着“秃头上几簇稀稀刺刺的黄毛”也很妙。比比卜朗宁手技看——

Well now, look at our villa! stuck like
　　The horn of a bull
Just on a mountaon edge as bare
　　Aa the creature's skull
Save a mere shag of a bush
　　With hardly a leave to pull!

倒是下面这几行写得极佳，可谓“哀而不伤”——

高墩墩被裹在“笑”的人间里，
一年的春风，一年的春草，
长了，又绿了一片了！
辨不出血沁过的根苗枝叶。(一三三页)

这首诗还有一个弱点——其实是《冬夜》全集的弱点——那就是拉得太长了。拉长了，纵有极热的情感，也要冷下去了，更怕在读者方面起了反响，渐生厌恶呢！这首诗里第二节从“颠狂似的……”以至“这诚然……”凡二十二行，实在可以完全删去。况且所拉长的地方都是些带哲学气味的教训，如最末的三行——

我们原不解超人间的“所以然”；
真感到的，
无非人间世的那些“不得不”！（一三六页）

像这种东西也是最容易减杀情感的。克慈讲：

All charms fly,
At the mere touch of philosophy.

近来新诗里寄怀赠别一类的作品太多。这确是旧文学遗传下来的恶习。文学本出于至性至情，也必要这样才好得来。寄怀赠别本也是出于朋友间离群索居的情感，但这类的作品在中国唐宋以后的文学界已经成了一种应酬的工具。甚至有时标题是首寄怀的诗，内容实在是一封家常细故的信。《东坡集》中最多这类作品。作诗到了这步田地，真是不可救药了。新文学界早就有了这种觉悟，但实际上讲来，我们中惯习的毒太深，这种毛病，犯得还是不少。我不知道《冬夜》的作者作他那几首送行的诗——《送金甫到纽约》《和你撒手》和《送缉斋》——是有真挚的离恨没有？倘若有了，这几首诗，确是没有表现出来。《屡梦孟真作此寄之》是有情感的根据，但因拉得太长，所以也不能动人。韦雷在他的《百七十首中国诗序》里比较中国诗同西洋诗中的情感，讲得很有意思。他说西洋诗人是个恋人，中国诗人是个朋友：“他（中国诗人）只从朋友间找同情与智识的侣伴。”他同他的妻子的关系是物质的。我们历观古来诗人如苏武同李陵，李白同杜甫，白居易同元稹，皮日休同陆龟蒙等等的作品，实有这种情形。大概古人朋友的关系既是这样，我们当然允许他们什么寄怀赠别一类的作品，无妨多作，也自然会多作。他

们已有那样的情感，又遇着那些生离死别的事，当然所发泄出的话没有不真挚的，没有不是好诗的。我很不相信杜甫的《梦李白》里这样的话：

水深波浪阔，无使蛟龙得！

是寻常的交情所能产出的。但是在现在我们这渐趋欧化的社会里，男女关系发达了，朋友间情感不会不减少的，所以我差不多要附和奈尔孙（William Allen Nelson）的意见，将朋友间的情感编入情操（sentiment）——第二等的情感——的范畴中。若照这样讲，朋友间的情感，以后在新诗中的地位，恐怕要降等了。《屡梦孟真作此寄之》中间的故事虽似同杜甫三夜频梦李白相仿佛，但这首诗同《梦李白》径直没有比例了。这虽因俞君的艺术不及杜甫，但根本上我恐怕两首诗所从发源的情感也大不相同吧！近来已出版的几部诗集里，这种作品似乎都不少（《草儿》里最多），而且除了康白情君的《送客黄浦》同郭沫若君的《新阳关三叠》之外，差不多都非好诗。所以我讲到这地方来，就不知不觉地说了这些闲话。

《冬夜》里其余的作品有咏花草的，如菊、芦、《腊梅和山茶》；有咏动物的，如《小伴》《黄鹄》《安静的绵羊》；有咏自然的，如《风底话》《潮歌》《风尘》《北京底又一个早春》等；有纪游的，如《冬夜之公园》《绍兴西郭门头的半夜》《如醉梦的踯躅》《孤山听雨》《游皋亭山杂诗》《忆游杂诗》《北归杂诗》；还有些不易分类的杂品。这些作品中有的带点很淡的情绪，有的比较浓一点；但都可包括在下面这几种类里——讽刺、教训、哲理、玄想、博爱、感旧、怀古、思乡，还有一种可以叫做闲愁。这些情感加上前面所论的赠别寄怀，都是第二等的情感或情操。奈尔孙讲："情操"二字，"是用于较和柔的情感，同思想相连属的，由观念而发生的情感之上，以与热情比较为直接地倚赖于感觉的情感相对待”。又说“像友谊，爱家，爱国，爱人格，对于低等动物的仁慈的态度一类的情感，同别的寻常称为‘人本的’（hummanitarian）之情感……这些都属于情操”。我们方才编汇《冬夜》的作品所分各种类，实不外奈尔孙所述的这几件。而且我尤信作者的人本主义是一种经过了理智的程序的结果，因为人本主义是新思潮的一部分，而新思潮当然是理智的觉悟。既然人本主义这样充满《冬夜》，我们便可以判定《冬夜》里大部分的情感，是用理智的方法强迫的，所以是第二流的情感。

我们不妨再把《冬夜》分析分析，看它有多大一部分是映射着新思潮的势力的《无名的哀诗》《打铁》《绍兴西郭门头的半夜》《在路上的恐怖》是颂劳工的；《他们又来了》《哭声》是刺军阀的，《打铁》也可归这类《可笑》是讽社会的；《草里的石碑和赑屃》和《所见》是嫉政府的压制的；《破晓》《最后的洪炉》《歧路之前》是鼓励奋斗的；《小伴》是催促觉悟的；《挽歌》《游皋亭山杂诗》中一部分是提倡人道主义的；至于《不知足的我们》更是新文化运动里边一幕的实录。大概统计这类的作品，要占全集四分之一，其余还有些间接地带着新思潮的影响，不在此内。所以这样看来，《冬夜》在艺术界假若不算一个成功，至少也是一个时代的镜子，历史上的价值是不可磨灭的。

严格地讲来，只有男女间恋爱的情感，是最烈的情感，所以是最高最真的情感。《冬夜》里关于这种情感的作品也有，如《别后底初夜》《愿你》即是。《愿你》前面已讲过了，现在研究研究《别后底初夜》——

我迷离在梦儿间

你长伴我在梦儿边。
虽初冬的夜长，
太快了，来朝的天亮！
他将消失我清宵的梦乡。

天匆匆地亮了，
你匆匆地远了，
方才真远了！

盼你来罢！
盼夜来罢！（二一三页）

将上面这一段试比梁实秋君的《梦后》，何如？——

“吾爱啊！
你怎又推荐那孤零的枕儿，
伴着我眠，偎着我的脸？”

醒后的悲哀啊！
梦里的甜蜜啊！
我怨雀儿
雀儿还在檐下蜷伏着呢！
他不能唤我醒——
他怎肯抛弃了他的甜梦呢？

“吾爱啊！

对这得而复失的馈礼
我将怎样地怨艾呢?
对这缥缈浓甜的记忆,
我将怎样地咀嚼哟!"

孤零的枕儿啊!
想着梦里的她,
舍不得不偎着你;
她的脸儿是我的花,
我把泪来浇你!

只这一相形之下,美丑高低,便了如指掌了,别的话何必多说?但是有一个地方我很怀疑,不知到底讲好还是不讲好。还是讲了吧!看下面这几行——

被窝暖暖地,
人儿远远地,
我怎不想起人儿远呢!(二一二页)

我的朋友们读过这首诗的,看到这几行没有不噗嗤笑了的。我想古来诗人、恋者触物怀人,有因帐以起兴的,如曹武的"白玉帐寒鸳梦绝";有因簟以起兴的,如李商隐的"欲拂尘时簟竟床";也有因枕以起兴的,如李白的"为君留下相思枕",就如前面梁君也讲到"枕儿",大概这些品物都可以入诗,独有讲到"被窝",总嫌有点欠雅。旧诗中这种例也有,如"愿言捧绣被,长就越人宿","珠被玳瑁床,感郎情意深"。"横波美目虽复来,罗被遥遥不相及"等

等，正复不少。但终觉秽亵不堪设想。旧诗有词藻的遮饰同音节的调度，已能减少原意的真实性，但尚且这样地不堪，何况是用当代语言作的新诗，更是俞君这样写实的新诗呢！

总之，《冬夜》里所含的情感的质素，十之八九是第二流的情感。一两首有热情的根据的作品，又因幻象缺乏，不能超越真实性，以致流为劣等的作品；所以若是诗的价值是以其情感的质素定的，那么《冬夜》的价值也就可想而知了。我再引奈尔孙的话来作证："从表现他们'情操'最明显的诗看来。这些质素当然不算微琐，并且也许是最紧要的特质，但是从诗的大体上看来，他们可要算微琐的了，因为伟大的作品可以舍他们而存在。"

我们现在也不妨根据奈尔孙这句话前半的条件，来将《冬夜》里富于情操的作品，每首单独地讲讲。我恐怕在前面将《冬夜》抑之过甚；现在这样做，定能订正前面"一笔抹煞"的毛病。就一诗论一诗，《凄然》确乎是首完美的作品。作者序里讲："岂非情缘境生，而境随情感耶？"唯其有境有情，所以就有好诗，正不必因"文人结习"而病之。

明艳的凤仙花，
喜欢开到荒凉的野寺；
那带路的姑娘，
又想染红她的指甲，
向花丛去掐了一握。
他俩只随随便便的，
似乎就此可以过去了；
但这如何能，在不可聊赖的情怀？（一七四页）

这种神妙的“兴趣”是“不以言诠”的！除《凄然》外，还有几首诗放在《冬夜》里太不像了；这便是《黄鹄》《小劫》同《归路》。这几首诗都有一种超自然的趣味，同集中最足代表作者的性格的作品如《打铁》《一勺水啊》等正相反——太相反了！简直是两个极端：一个在云外，一个在泥中。当然它们是从骚赋里脱胎出来的，但这种熔铸旧料的方法是没有害处的，假若俞君所主张的平民的风格，可以比拟华茨活的态度，这几首诗当可比之科立玑①的态度了。(见 *Lyrical Ballads* 序中。)《黄鹄》似乎暗示于科立玑的《古舟子咏》中之神鸟，《归路》则暗示《忽必烈汗》(亦得之于梦中)。华茨活与科立玑只各尽一端以致胜，而俞君乃兼而有之；这又是我不能懂的一件怪事了。一面讲着那样鄙俗的话语，一面又唱出这样高超的调子来，难道作者有两个自我吗？啊！如何这样的矛盾啊！啊！叫我赞颂呢？还是叫我诅骂呢？诗人啊！明知道“看下方”会“撕碎吾身荷芰的芳香”，“为什么‘还’要低头”呢？

凤凰翔于千仞兮，览德辉而下之！

六

总括地讲几句作个收束。大体上看来，《冬夜》的长处在它的音节，它的许多弱点也可以推源而集中于它的音节。它的情感也不挚，因为太多教训理论。——一言以蔽之，太忘不掉这人间世。但追究其根本错误，还是那“诗的进化的还原论”。俞君不是没有天才，也不是没有学力，虽于西洋文学似少精深的研究。但是他那谬误的主义一天不改掉，虽有天才学力，他的成功还是疑问。培根讲，“诗中

① 今通译作柯勒律治。塞缪尔·泰勒·柯勒律治（Samuel Taylor Coleridge，1772—1834），英国诗人，评论家。

有一点神圣的东西，因它以物之外象去将就灵之欲望，不是同理智和历史一样，屈灵于外物之下，这样，它便能抬高思想而使之以入神圣。”所以俞君！不作诗则已，要作诗绝不能还死死地贴在平凡琐俗的境域里！

《女神》之时代精神

若讲新诗，郭沫若君的诗才配称新呢，不独艺术上他的作品与旧诗词相去最远，最要紧的是他的精神完全是时代的精神——二十世纪的时代的精神。有人讲文艺作品是时代的产儿。《女神》真不愧为时代的一个肖子。

（一）二十世纪是个动的世纪。这种精神映射于《女神》中最为明显。《笔立山头展望》最是一个好例——

> 大都会的脉搏呀！
> 生的鼓动呀！
> 打着在，吹着在，叫着在，……
> 喷着在，飞着在，跳着在，……
> 四面的天郊烟幂蒙笼了！
> 我的心脏呀，快要跳出口来了！
> 哦哦，山岳的波涛，瓦屋的波涛，
> 涌着在，涌着在，涌着在，涌着在呀！
> 万籁共鸣的symphony①，
> 自然与人生的婚礼呀！
> ……

---

① symphony，交响乐。

恐怕没有别的东西比火车的飞跑同轮船的鼓进（阅《新生》与《笔立山头展望》）再能叫出郭君心里那种压不平的活动之欲罢？再看这一段供招——

> 今天天气甚好，火车在青翠的田畴中急行，好像个勇猛沉毅的少年向着希望弥满的前途努力奋迈的一般。飞！飞！一切青翠的生命，灿烂的光波在我们眼前飞舞。飞！飞！飞！我的自已融化在这个磅礴雄浑的rhythm①中去了！我同火车全体，大自然全体，完全合而为一了！我凭着车窗望着旋回飞舞着的自然，听着车轮鞺鞳的进行调，痛快！痛快！……《与宗白华书》，《三叶集》一三八页）

这种动的本能是近代文明一切的事业之母，是近代文明之细胞核。郭沫若的这种特质使他根本上异于我国往古之诗人。比之陶潜之——

> 结庐在人境，而无车马喧；

一则极端之动，一则极端之静，静到——

> 心远地自偏，

隐遁遂成一个赘疣的手续了，——于是白居易可以高唱着——

① rhythm，节奏。

大隐隐朝市，

苏轼也可以笑那——

北山猿鹤漫移文。

（二）二十世纪是个反抗的世纪。“自由”的伸张给了我们一个对待权威的利器，因此革命流血成了现代文明的一个特色了。《女神》中这种精神更了如指掌。只看《匪徒颂》里的一些——

一切……革命的匪徒们呀！
万岁！万岁！万岁！

那是何等激越的精神，直要骇得金脸的尊者在宝座上发抖了哦。《胜利的死》真是血与泪的结晶；拜伦、康沫尔的灵火又在我们的诗人的胸中烧着了！

你暗淡无光的月轮哟！我希望我们这阴莽莽的地球，在这一刹那间，早早同你一样冰化！

啊！这又是何等的嫉愤！何等的悲哀！何等的沉痛！——

汪洋的大海正在唱着它悲壮的哀歌，
穹隆无际的青天已经哭红了它的脸面，
远远的西方，太阳沉没了！——
悲壮的死哟！金光灿烂的死哟！凯旋同等的死哟！胜利的

死哟！

兼爱无私的死神！我感谢你哟！你把我敬爱无暨的马克斯威尼早早救了！

自由的战士，马克斯威尼，你表示出我们人类意志的权威如此伟大！

我感谢你呀！赞美你呀！“自由”从此不死了！

夜幕闭了后的月轮哟！何等光明呀！……

（三）《女神》的诗人本是一位医学专家。《女神》里富有科学的成分也是无足怪的。况且真艺术与真科学本是携手进行的呢。然而这里又可以见出《女神》里的近代精神了。略微举几个例——

你去，去寻那与我的振动数相同的人；
你去！去寻那与我的燃烧点相等的人。（《序诗》）

否，否。不然！是地球在自转，公转，（《金字塔》）
我是X光线的光，
我是全宇宙的energy[①]的总量！（《天狗》）

我想我的前身
原本是有用的栋梁。
我活埋在地底多年，
到今朝才得重见天光。（《炉中煤》）

你暗淡无光的月轮哟！……早早同你一样冰化！（《胜利的

---

① energy，能量。

死》)

至于这些句子像——

我要把我的声带唱破!(《梅花树下醉歌》)

我的一枝枝的神经纤维在身中战栗。(《夜步十里松原》)

还有散见于集中的许多人体上的名词如脑筋、脊髓、血液、呼吸……更完完全全是一个西洋的doctor① 的口吻了。上举各例还不过诗中所运用之科学知识,见于形式上的。至于那讴歌机械的地方更当发源于一种内在的科学精神。在我们的诗人的眼里,轮船的烟筒开着黑色的牡丹,是"近代文明的严母",太阳是亚波罗坐的摩托车前的明灯;诗人的心同太阳是"一座公司的电灯";云日更迭的掩映是同探海灯转着一样;火车的飞跑同于"勇猛沉毅的少年"之努力。在他眼里机械已不是一些无声的物具,是有意识有生机,如同人神一样。机械的丑恶性已被忽略了;在幻象同感情的魔术之下它已穿上美丽的衣裳了呢。

这种伎俩恐怕非一个以科学家兼诗人者不办。因为先要解透了科学,亲近了科学,跟它有了同情,然后才能驯服它于艺术的指挥之下。

(四)科学的发达使交通的器械将全世界人类的相互关系捆得更紧了。因而有史以来世界之大同的色彩,没有像今日这样鲜明的。

---

① doctor,医生。

郭沫若的《晨安》便是这种 cosmopolitanism① 的证据了。《匪徒颂》也有同样的原质，但不是那样明显。即如《女神》全集中所用的方言也就有四种了。他所称引的民族，有黄人，有白人，还有“有火一样的心肠”的黑奴。他所运用的地名散满于亚、美、欧、非四大洲。这在西洋文学里不算什么，但同我们的新文学比起来，才见得是个稀少的原质，同我们的旧文学比起来更不用讲是破天荒了。啊！诗人不肯限于国界，却要做世界的一员了；他遂喊道——

> 晨安！梳人灵魂的晨风呀！
> 晨风呀！你请把我的声音传到四方去罢！（《晨安》）

（五）物质文明的结果便是绝望与消极。然而人类的灵魂究竟没有死，在这绝望与消极之中又时时忘不了一种挣扎抖擞的动作。二十世纪是个悲哀与兴奋的世纪。二十世纪是黑暗的世界，但这黑暗是先导黎明的黑暗。二十世纪是死的世界，但这死是预言更生的死。这样便是二十世纪，尤其是二十世纪的中国。

> 流不尽的眼泪，
> 洗不净的污浊，
> 浇不熄的情炎，
> 荡不去的羞辱。（《凤凰涅槃》）

不是这位诗人独有的，乃是有生之伦，尤其是青年们所同有的。但别处的青年虽一样地富有眼泪、污浊、情炎、羞辱，恐怕他们自己

① cosmopolitanism，世界主义。

觉得并不十分真切。只有现在的中国青年——“五四”后之中国青年，他们的烦恼悲哀真像火一样烧着，潮一样涌着，他们觉得这“冷酷如铁”“黑暗如漆”“腥秽如血”的宇宙真一秒钟也羁留不得了。他们厌恶这世界，也厌恶他们自己。于是急躁者归于自杀，忍耐者力图革新。革新者又觉得意志总敌不住冲动，则抖擞起来，又跌倒下去了。但是他们太溺爱生活了，爱它的甜处，也爱它的辣处。他们绝不肯脱逃，也不肯降服。他们的心里只塞满了叫不出的苦，喊不尽的哀。他们的心快塞破了，忽地一个人用海涛的音调，雷霆的声响替他们全盘唱出来了。这个人便是郭沫若，他所唱的就是《女神》。难怪个个中国青年读《女神》没有不捶胸顿足，同《湘累》里的屈原同声叫道——

哦，好悲切的歌词！唱得我也流起泪来了。
流罢！流罢！我生命的泉水呀！你一流了出来，
好像把我全身的烈火都浇息了的一样。
……你这不可思议的、内在的灵泉，你又把我苏活转来了！

啊！现代的青年是血与泪的青年，忏悔与奋兴的青年。《女神》是血与泪的诗，忏悔与奋兴的诗。田汉君给《女神》之作者的信讲得对：“与其说你有诗才，毋宁说你有诗魂。因为你的诗首首都是你的血，你的泪，你的自叙传，你的忏悔录啊！”但是丹穴山上的香木不只焚毁了诗人的旧形体，并连现时一切的青年的形骸都毁掉了。凤凰的涅槃是一切青年的涅槃。凤凰不是唱道——

我们更生了！
我们更生了！

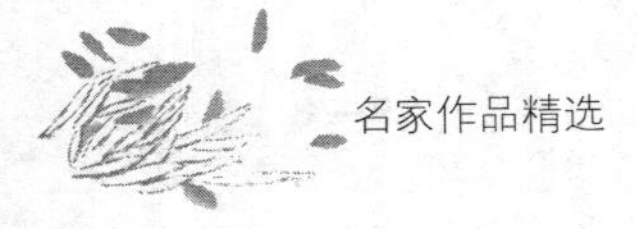

一切的一，更生了！
一的一切，更生了！
我们便是“他”，他们便是我！
我中也有你，你中也有我！
我便是你，
你便是我！

奇怪得很，北社编的《新诗年选》偏取了《死的引诱》作《女神》的代表之一。他们非但不懂读诗，并且不会观人。《女神》的作者岂是那样软弱的消极者吗？

你去！去在我可爱的青年的兄弟姊妹胸中；
把他们的心弦拨动，
把他们的智光点燃罢！（《序诗》）

假若《女神》里尽是《死的引诱》一类的东西，恐怕兄弟姊妹的心弦都被它割断，智光都被它扑灭了呢！

原来蹈恶犯罪是人之常情。人不怕有罪恶，只怕有罪恶而甘于罪恶，那便终古沉沦于死亡之渊里了。人类的价值在能忏悔，能革新。世界的文化也不过是由这一点发生的。忏悔是美德中最美的，它是一切的光明的源头，他是尺蠖的灵魂渴求展伸的表象。

唉！泥上的脚印！
你好像是我灵魂儿的象征！
你自陷了泥涂，
你自会受人蹂躏。

唉，我的灵魂！

你快登上山顶！（《登临》）

所以在这里我们的诗人不独喊出人人心中的热情来，而且喊出人人心中最神圣的一种热情呢！

《女神》之地方色彩

现在的一般新诗人——新是作时髦解的新——似乎有一种欧化的狂癖，他们创造中国新诗的鹄的，原来就是要把新诗作成完全的西文诗。（有位作者曾在《诗》里讲道，他所谓后期的作品“已与以前不同而和西洋诗相似”，他认为这是新诗的一步进程，……是件可喜的事。）《女神》不独形式十分欧化，而且精神也十分欧化。《女神》当然在一般人的眼光里要算新诗进化期中已臻成熟的作品了。

但是我从头到今，对于新诗的意义似乎有些不同。我总以为新诗径直是“新”的，不但新于中国固有的诗，而且新于西方固有的诗；换言之，它不要作纯粹的本地诗，但还要保存本地的色彩；它不要做纯粹的外洋诗，但又尽量地吸收外洋诗的长处；他要做中西艺术结婚后产生的宁馨儿。我以为诗同一切的艺术应是时代的经线，同地方纬线所编织成的一匹锦；因为艺术不管它是生活的批评也好，是生命的表现也好，总是从生命产生出来的，而生命又不过是时间与空间两个东西的势力所遗下的脚印罢了。在寻常的方言中有“时代精神”同“地方色彩”两个名词，艺术家又常讲自创力（originality），各作家有各作家的时代与地方，各团体有各团体的时代与地方，各不相同；这样自创力自然有发生的可能了。我们的新诗人若时时不忘我们的“今时”同我们的“此地”，我们自会有了自创力，我们的作品自既不同于今日以前的旧艺术，又不同于中国以外的洋艺术。这个然后才是我们翘望默祷的新艺术！

我们的旧诗大体上看来太没有时代精神的变化了，从唐朝起，我们的诗发育到成年时期了，以后便似乎不大肯长了，直到这回革命以前，诗的形式同精神还差不多是当初那个老模样。（词曲同诗相去实不甚远，现行的新诗却大不同了。）不独艺术为然，我们文化的全体也是这样，好像吃了长生不老的金丹似的。新思潮的波动便是我们需求时代精神的觉悟。于是一变而矫枉过正，到了如今，一味地时髦是骛，似乎又把"此地"两字忘得踪影不见了。现在的新诗中有的是"德谟克拉西"①，有的是泰果尔②、亚坡罗③，有的是"心弦""洗礼"等洋名词。但是，我们的中国在哪里？我们四千年的华胄在哪里？哪里是我们的大江、黄河、昆仑、泰山、洞庭、西子？又哪里是我们的三百篇、楚骚、李、杜、苏、陆？《女神》关于这一点还不算罪大恶极，但多半的时候在他的抒情的诸作里并不强似别人。《女神》中所用的典故，西方的比中国的多多了，例如 Apollo，Venus，Cupid，Bacchus，Prometheus，Hygeia……是属于神话的；其余属于历史的更不胜枚举了。《女神》中的西洋的事物名词处处都是，数都不知从哪里数起。《凤凰涅槃》的凤凰是天国的"菲尼克斯"，并非中华的凤凰。诗人观画观的是 Millet 的 Shepherdess，赞像赞的是 Beethoven 的像。他所羡慕的工人是炭坑里的工人，不是人力车夫。他听鸡声，不想着笛簧的律吕而想着 orchestra 的音乐。地球的自转公转，在他看来，"就好像一个跳着舞的女郎"，太阳又

---

① 德谟克拉西，"五四"时期用"德谟克拉西先生"和"赛因斯先生"来音译"Democracy"和"Science"。

② 今通译作泰戈尔。拉宾德拉纳特·泰戈尔（1861—1941），印度著名诗人、哲学家、社会活动家。

③ 今通译作阿波罗，指古希腊神话中的光明神。

“同那月桂冠儿一样”。他的心思分驰时，他又“好像个受着磔刑的耶稣”。他又说他的胸中像个黑奴。当然，《女神》产生的时候，作者是在一个盲从欧化的日本，他的环境当然差不多是西洋环境，而且他读的书又是西洋的书；无怪他所见闻，所想念的都是西洋的东西。但我还以为这是一个非常的例子，差不多是个畸形的情况。若我在郭君的地位，我定要用一种非常的态度去应付，节制这种非常的情况。那便是我要时时刻刻想着我是个中国人，我要作新诗，但是中国的新诗，我并不要做个西洋人说中国话，也不要人们误会我的作品是翻译的西文诗；那么我著作时，庶不致这样随便了。郭君是个不相信“做”诗的人，我也不相信没有得着诗的灵感者就可以从揉炼字句中作出好诗来。但郭君这种过于欧化的毛病也许就是太不“做”诗的结果。选择是创造艺术的程序中最紧要的一层手续，自然的不都是美的；美不是现成的。其实没有选择便没有艺术，因为那样便无以鉴别美丑了。

《女神》还有一个最明显的缺憾，那便是诗中夹用可以不用的西洋文字了。《雪朝》《演奏会上》两首诗径直是中英合璧了，我们以为很多的英文字实没有用原文的必要。如 pantheism，rhythm，energy，disillusion，orchestra，pioneer 都不是完全不能翻译的，并且有的在本集中他处已经用过译文的。实在很多次数，他用原文，并非因为意义不能翻译的关系，乃因音节关系，例如——

> 我是全宇宙的 energy 的总量。

像这种地方的的确确是兴会到了，信口而出，到了那地方似乎为音节的圆满起见，一个单音是不够的，于是就以“恩勒结”（energy）三个音代“力”的一个音。无论作者有意地欧化诗体，或无意地失于检点，这总是有点讲不大过去的。这虽是小地方，但一个成熟的艺术家，自有余裕的精力顾到这里，以谋其作品之完美。所以我的批评也许不算过分吧？

我前面提到《女神》之薄于地方色彩的原因是在其作者所居的环境。但环境从来没有对于艺术产品之性质负过完全责任，因为单是环境不能产生艺术。所以我想日本的环境固应对《女神》的内容负一份责任，但此外定还有别的关系。这个关系我疑心或者就是《女神》之作者对于中国文化之隔膜。我们前篇已经看到《女神》怎样富于近代精神。近代精神——即西方文化——不幸得很，是同我国的文化根本背道而驰的，所以一个人醉心于前者定不能对于后者有十分的同情与了解。《女神》的作者，这样看来，定不是对于我国文化真能了解、深表同情者。我们看他回到上海，他只看见——

> 游闲的尸，淫嚣的肉，长的男袍，短的女袖，满目都是骷髅，满街都是灵柩，乱闯，乱走。

其实他哪知道“满目骷髅”“满街灵柩”的上海，实在就是西方文化遗下的罪孽？受了西方的毒的上海，其实又何异于受了西方的毒的东京、横滨、长崎、神户呢？不过这些日本都市受毒受得更彻底一点罢了。但是这一段闲话是节外生枝，我的本意是要指出《女神》的作者对于中国，只看见它的坏处，看不见它的好处。他并不是不爱中国，而他确实不爱中国的文化。我个人同《女神》的作者的态度不同之处是：我爱中国固因它是我的祖国，而尤因它是有它那种可敬爱的文化的国家；《女神》之作者爱中国，只因它是他的祖国，因为是他的祖国，便有那种不能引他敬爱的文化，他还是爱它。爱祖国是情绪的事，爱文化是理智的事。一般所提倡的爱国专

有情绪的爱就够了；所以没有理智的爱并不足以诟病一个爱国之士。但是我们现在讨论的是另一个问题，是理智上爱国之文化的问题。(或精辨之，这种不当称爱慕而当称鉴赏。)

爱国的情绪见于《女神》中的次数极多，比别人的集中都多些。《棠棣之花》《炉中煤》《晨安》《浴海》《黄浦江口》都可以作证。但是他鉴赏中国文化的地方少极了，而且不彻底，在《巨炮之教训》里他借托尔斯泰的口气说道——

> 我爱你是中国人。我爱你们中国的墨与老。

在《西湖纪游》里他又称赞——

> 那几个肃静的西人一心在校勘原稿。

但是既真爱老子为什么又要作“飞奔”“狂叫”“燃烧”的天狗呢？为什么又要吼着——

> 啊啊！不断地毁坏，不断地创造，不断地努力哟！(《立在地球边上放号》)
>
> 我崇拜创造的精神，崇拜力，崇拜血，崇拜心脏；我崇拜炸弹，崇拜悲哀，崇拜破坏；(《我是个偶像崇拜者》)
>
> 我要看你“自我”地爆裂开出血红的花来哟！(《新阳关三叠》)

我不知道他到底是个什么主张。但我只觉得他喊着创造、破坏、反抗、奋斗的声音，比——

倡道慈俭，不敢先底三宝

的声音大多了，所以我就决定他的精神还是西方的精神。再者他所歌讴的东方人物如屈原、聂政、聂嫈，都带几分西方人的色彩。他爱庄子是为他的泛神论，而非为他的全套的出世哲学。他所爱的老子恐怕只是托尔斯泰所爱的老子。墨子的学说本来很富于西方的成分，难怪他也不反对。

《女神》的作者既这样富于西方的激动精神，他对于东方的恬静美当然不大能领略，《密桑索罗普之夜歌》是个特别而且奇怪的例外。《西湖纪游》不过是自然美之鉴赏。这种鉴赏同鉴赏太宰府、十里松原的自然美，没有什么分别。

有人提倡什么世界文学。那么不顾地方色彩的文学就当有了托辞了吗？但这件事能不能是个问题，宜不宜又是个问题。将世界各民族的文学都归成一样的，恐怕文学要失去好多的美。一样颜色画不成一幅完全的画，因为色彩是绘画的一样要素。将各种文学并成一种，便等于将各种颜色合成一种黑色，画出一张 sketch① 来。我不知道一幅彩画同一幅单色的 sketch 比，哪样美观些。西谚曰“变化是生活的香料”。真要建设一个好的世界文学，只有各国文学充分发展其地方色彩，同时又贯以一种共同的时代精神，然后并而观之，各种色料虽互相差异，却又互相调和，这便正符那条艺术的金科玉臬“变异中之一律”了。

以上我所批评《女神》之处，非特《女神》为然，当今诗坛之名将莫不皆然，只是程度各有深浅罢了。若求纠正这种毛病，我以为一桩，当恢复我们对于旧文学的信仰，因为我们不能开天辟地(事实与理论上是万不可能的)，我们只能够并且应当在旧的基础上

① sketch，素描。

建设新的房屋。二桩，我们更应了解我们东方的文化。东方的文化是绝对的美的，是韵雅的。东方的文化而且又是人类所有的最彻底的文化。哦！我们不要被叫嚣犷野的西人吓倒了！

东方的魂哟！
雍容温厚的东方的魂哟！
不在檀香炉上袅袅的轻烟里了，
虔祷的人们还膜拜些什么？
东方的魂哟！
通灵洁彻的东方的魂哟！
不在幽篁的疏影里了，
虔祷的人们还供奉着些什么？（梁实秋）

《烙印》序

克家催我给他的诗集作序，整催了一年。他是有理由的。便拿《生活》一诗讲，据许多朋友说，并不算克家的好诗，但我却始终极重视它，而克家自己也是这样的。我们这意见的符合，可以证实，由克家自己看来，我是最能懂他的诗了。我现在不妨明说，《生活》确乎不是这集中最精彩的作品，但却有令人不敢亵视的价值，而这价值也便是这部诗集的价值。

克家在《生活》里说：

> 这可不是混着好玩，这是生活。

这不啻给他的全集下了一道案语。因为克家的诗正是这样——不是“混着好玩”，而是“生活”。其实只要你带着笑脸，存点好玩的意思来写诗，不愁没有人给你叫好。所以作一首寻常所谓好诗，不是最难的事。但是，作一首有意义的，在生活上有意义的诗，却大不同。克家的诗，没有一首不具有一种极顶真的生活的意义。没有克家的经验，便不知道生活的严重。

> 一万枝暗箭埋伏在你周边，
> 伺候你一千回小心里一回的不检点，

这真不是好玩的。然而他偏要——

> 嚼着苦汁营生，
> 像一条吃巴豆的虫。

他咬紧牙关和磨难苦斗，他还说：

> 同时你又怕克服了它，
> 来一阵失却对手的空虚。

这样生活的态度不够宝贵吗？如果为保留这一点，而忽略了一首诗的外形的完美，谁又能说是不合算？克家的较坏的诗既具有这种不可亵视的实质，他的好诗，不用讲，更不是寻常的好诗所能比拟的了。

所谓有意义的诗，当前不是没有。但是，没有克家自身的“嚼着苦汁营生”的经验，和他对这种经验的了解，单是嚷嚷着替别人的痛苦不平，或怂恿别人自己去不平，那至少往往像是一种“热气”，一种浪漫的姿势，一种英雄气概的表演，若更往坏处推测，便不免有伤厚道了。所以，克家的最有意义的诗，虽是《难民》《老哥哥》《炭鬼》《神女》《贩鱼郎》《老马》《当炉女》《洋车夫》《歇午工》，以至《不久有那么一天》和《天火》等篇，但是若没有《烙印》和《生活》一类的作品作基础，前面那些诗的意义便单薄了，甚至虚伪了。人们对于一件事，往往有追问它的动机的习惯（他们也实在有这权利）。对于诗，也是这样。当我们对于一首诗的动机（意识或潜意识的）发生疑问的时候，我很担心那首诗还有多少存在的可能性。读克家的诗，这种疑问永不会发生，为的是有

《烙印》和《生活》一类的诗给我们担保了。我再从历史中举一个例。如作“新乐府”的白居易，虽嚷嚷得很响，但究竟还是那位香山居士的闲情逸致的冗力（surplus energy）的一种舒泄，所以他的嚷嚷实际只等于猫儿哭耗子。孟郊并没有作过成套的“新乐府”，他如果哭，还是为他自身的穷愁而哭的次数多，然而他的态度，沉着而有锋棱，却最合于一个伟大的理想的条件。除了时代背景所产生的必然的差别不算，我拿孟郊来比克家，再适当不过了。

谈到孟郊，我于是想起所谓好诗的问题。（这一层是我要对另一种人讲的!）孟郊的诗，自从苏轼以来，是不曾被人真诚地认为上品好诗的。站在苏轼的立场上看孟郊，当然不顺眼。所以苏轼诋毁孟郊的诗。我并不怪他。我只怪他为什么不索性野蛮一点，硬派孟郊所作的不是诗，他自己的才是。因为这样，问题倒简单了。既然他们是站在对立而且不两立的地位，那么，苏轼可以拿他的标准抹煞孟郊，我们何尝不可以拿孟郊的标准否认苏轼呢？即令苏轼和苏轼的传统有优先权占用“诗”字，好了，让苏轼去他的，带着他的诗去！我们不要诗了。我们只要生活，生活磨出来的力，像孟郊所给我们的，是“空螯”也好，是“蜇吻涩齿”或“如嚼木瓜，齿缺舌敝，不知味之所在”也好，我们还是要吃，因为那才可以磨练我们的力。

哪怕是毒药，我们更该吃，只要它能增加我们的抵抗力。至于苏轼的丰姿，苏轼的天才，如果有人不明白那都是笑话，是罪孽，早晚他自然明白了。早晚诗也会——

扪一下脸，来一个奇怪的变！

一千余年前孟郊已经给诗人们留下了预言。

克家如果跟着孟郊的指示走去，准没有错。纵然像孟郊似的，没有成群的人给叫好，那又有什么关系？反正诗人不靠市价作诗。克家千万不要忘记自己的责任。

时代的鼓手

——读田间的诗

鼓——这种韵律的乐品，是一切乐器的祖宗，也是一切乐器中之王。音乐不能离韵律而存在，它便也不能离鼓的作用而存在。鼓象征了音乐的生命。

提起鼓，我们便想到了一串形容词：整肃，庄严，雄壮，刚毅和粗暴，急躁，阴郁，深沉……鼓是男性的，原始男性的，它蕴藏着整个原始男性的神秘。它是最原始的乐器，也是最原始的生命情调的喘息。

如其鼓的声律是音乐的生命，鼓的情绪便是生命的音乐。音乐不能离鼓的声律而存在，生命也不能离鼓的情绪而存在。

诗与乐一向是平行发展着的。正如从敲击乐器到管弦乐器是韵律的音乐发展到旋律的音乐，从三四言到五七言也是韵律的诗发展到旋律的诗。音乐也好，诗也好，就声律说，这是进步。可痛惜的是，声律进步的代价是情绪的委顿。在诗里，一如在音乐里，从此以后以管弦的情绪代替了鼓的情绪，结果都是“靡靡之音”。这感觉的愈趋细致，乃是感情愈趋脆弱的表征，而脆弱感情不也就是生命疲困，甚或衰竭的征兆吗？两千年来古旧的历史，说来太冗长。单说新诗的历史，打头不是没有一阵朴质而健康的鼓的声律与情绪，接着依然是“靡靡之音”的传统，在舶来品的商标的伪装之下，支

配了不少的年月。疲困与衰竭的半音，似乎比历史上任何时期都变本加厉了地风行着。那是宿命，是历史发展的必然阶段吗？也许。但谁又叫新生与振奋的时代来得那样突然！箫声、琴声（甚至是无弦琴），自然配合不上流血与流汗的工作。于是忙乱中，新派、旧派，人人都设法拖出一面鼓来，你可以想象一片潮湿而发霉的声响，在那壮烈的场面中，显得如何滑稽！它给你的印象仍然是疲困与衰竭。它不是激励，而是揶揄、侮衅这战争。

于是，忽然碰到这样的声响，你便不免吃一惊：

“多一颗粮食，
就多一颗消灭敌人的枪弹！”
听到吗
这是好话哩！
听到吗
我们
要赶快鼓励自己的心
到地里去！
要地里
长出麦子；
要地里
长出小米。
拿这东西
　当做
　持久战的武器。
（多一些！多一些！）
多点粮食，

就多点胜利。(田间《多一些》)

这里没有“弦外之音”,没有“绕梁三日”的余韵,没有半音,没有玩任何“花头”,只是一句句朴质、干脆、真诚的话,(多么有斤两的话!)简短而坚实的句子,就是一声声的“鼓点”,单调,但是响亮而沉重,打入你耳中,打在你心上。你说这不是诗,因为你的耳朵太熟悉“弦外之音”……那一套,你的耳朵太细了。

你看,——
他们的
仇恨的
力,
他们的
仇恨的
血,
他们的
仇恨的
歌,
握在
手里。
握在
手里,
要洒出来……
几十个,
很响地
——在一块;

几十个
达达地，
——在一块
回旋……
狂蹈……
耸起的
筋骨
凸出的
皮肉，
挑负着
——种族的
　　疯狂，
　　种族的
　　咆哮，……（田间《人民底舞》）

这里便不只鼓的声律，还有鼓的情绪。这是鞌之战中晋解张用他那流着鲜血的手，抢过主帅手中的槌来擂出的鼓声，是祢衡那喷着怒火的“渔阳掺挝”，甚至是，如诗人 Robert Lindsey 在《刚果》中，剧作家 Eugene O'Neil 在《琼斯皇帝》中所描写的，那非洲土人的原始鼓，疯狂、野蛮、爆炸着生命的热与力。

这些都不算成功的诗。（据一位懂诗的朋友说，作者还有较成功的诗，可惜我没见到。）但它所成就的那点，却是诗的先决条件——那便是生活欲，积极的、绝对的生活欲。它摆脱了一切诗艺的传统手法，不排解，也不粉饰，不抚慰，也不麻醉，它不是那捧着你在幻想中上升的迷魂音乐。它只是一片沉着的鼓声，鼓舞你爱，鼓动你恨，鼓励你活着，用最高限度的热与力活着，在这大地上。

当这民族历史行程的大拐弯中，我们得一鼓作气来渡过危机，完成大业。这是一个需要鼓手的时代，让我们期待着更多的“时代的鼓手”出现。至于琴师，乃是第二步的需要，而且目前我们有的是绝妙的琴师。

诗人的横蛮

孔子教小子，教伯鱼的话，正如孔子一切的教训，在这年头儿，都是犯忌讳的。依孔子的见解，诗的灵魂是要“温柔敦厚”的。但是在这年头儿，这四个字千万说不得，说出了，便证明你是个弱者。当一个弱者是极寒伧的事，特别是在这一个横蛮的时代。在这时代里，连诗人也变横蛮了。作诗不过是用比较斯文的方法来施行横蛮的伎俩。我们的诗人早起听见鸟儿叫了几声，或是上万牲园逛了一逛，或是接到一封情书了……你知道——或许他也知道这都不是什么了不得的事件，够不上为它们就得把安居乐业的人类都给惊动了。但是他一时兴会来了，会把这消息用长短不齐的句子分行写了出来，硬要编辑先生们给它看过几遍，然后又耗费了手民的精力给它排印了，然后又占据了上千上万的读者的光阴给它读完了，最末还要叫世界，不管三七二十一，承认他是一个天才。你看这是不是横蛮？并且他凭空加了世界这些负担，要是哪一方面——编辑，手民或读者——对他大意了一点，他便又要大发雷霆，骂这世界盲目，冷酷，残忍，蹂躏天才……这种行为不是横蛮是什么？再如果你好心好意对他这作品下一点批评，说他好，那固然算你没有瞎眼睛；你要是敢说了他半个坏字，那你可触动了太岁，他能咒到你全家都死尽了。试问这不是横蛮是什么？

我看如果诗人们一定要这样横蛮，这样骄纵，这样跋扈，最好早晚由政府颁布一个优待诗人的条例，请诗人都戴上平顶帽子，穿上灰色制服，（最好是粉红色的，那最合他们身份。）以表示他们是属于享受特殊权利的阶级，并且仿照优待军人的办法，电车上、公园里、戏园里……都准他们自由出入，让他们好随时随地寻求灵感。反正他们享受的权利已经不少了，政府不如卖一个面子，追认一下。但是我怕这一来，中国诗人一向的“温柔敦厚”之风会要永远灭绝了。

诗的格律

一

假定“游戏本能说”能够充分地解释艺术的起源，我们尽可以拿下棋来比作诗；棋不能废除规矩，诗也就不能废除格律。（格律在这里是form的意思。“格律”两个字最近含着了一点坏的意思；但是直译form为形体或格式也不妥当。并且我们若是想起fom和节奏是一种东西，便觉得form译作格律是没有什么不妥的了。）假如你拿起棋子来乱摆布一气，完全不依据下棋的规矩进行，看你能不能得到什么趣味？游戏的趣味是要在一种规定的格律之内出奇制胜。作诗的趣味也是一样的。假如诗可以不要格律，作诗岂不比下棋、打球、打麻将还容易些吗？难怪这年头儿的新诗“比雨后的春笋还多些”。我知道这些话准有人不愿意听。但是Bliss Perry教授的话来得更古板。他说：“差不多没有诗人承认他们真正给格律束缚住了。他们乐意戴着脚镣跳舞，并且要戴别个诗人的脚镣。”

这一段话传出来，我又断定许多人会跳起来，喊着“就算它是诗，我不作了行不行”？老实说，我个人的意思以为这种人就不作诗也可以；反正他不打算来戴脚镣，他的诗也就作不到怎样高明的地方去。杜工部有一句经验语很值得我们揣摩的：“老去渐于诗律细。”

诗国里的革命家喊道“皈返自然”！其实他们要知道自然界的格律，虽然有些像蛛丝马迹，但是依然可以找得出来。不过自然界的格律不圆满的时候多，所以必须艺术来补充它。这样讲来，绝对的写实主义便是艺术的破产。“自然的终点便是艺术的起点”，王尔德说得很对。自然并不尽是美的。自然中有美的时候，是自然类似艺术的时候。最好拿造型艺术来证明这一点。我们常常称赞美的山水，讲它可以入画。的确中国人认为美的山水，是以像不像中国的山水画做标准的。欧洲文艺复兴以前所认为女性的美，从当时的绘画里可以证明，同现代女性美的观念完全不合；但是现代的观念不同希腊的雕像所表现的女性美相符了。这是因为希腊雕像的出土，促成了文艺复兴，文艺复兴以来，艺术描写美人，都拿希腊的雕像作蓝本，因此便改造了欧洲人的女性美的观念。我在赵瓯北的一首诗里发现了同类的见解：

绝似盆池聚碧潺，嵌空石笋满江湾。
化工也爱翻新样，反把真山学假山。

这径直是讲自然在模仿艺术了。自然界当然不是绝对没有美的。自然界里面也可以发现出美来，不过那是偶然的事。偶然在言语里发现一点类似诗的节奏，便说言语就是诗，便要打破诗的音节，要它变得和言语一样——这真是诗的自杀政策了。（注意我并不反对用土白作诗，我并且相信土白是我们新诗的领域里，一块非常肥沃的土壤，理由等将来再仔细地讨论。我们现在要注意的只是土白可以“作”诗；这“作”字便说明了土白须要一番锻炼选择的工作，然后才能成诗。）诗之所以能激发情感，完全在它的节奏；节奏便是格律。莎士比亚的诗剧里往往遇见情绪紧张到万分的时候，便用韵语来描写。歌德作《浮士德》也曾用同类的手段，在他致席勒的信里，并且提到了这一层。韩昌黎：“得窄韵则不复傍出，而因难见巧，愈险愈奇……”这样看来，恐怕越有魄力的作家，越是要戴着脚镣跳舞才跳得痛快，跳得好。只有不会跳舞的才怪脚镣碍事，只有不会作诗的才感觉得格律的束缚。对于不会作诗的，格律是表现的障碍物；对于一个作家，格律便成了表现的利器。

又有一种打着浪漫主义旗帜来向格律下攻击令的人。对于这种人，我只要告诉他们一件事实。如果他们要像现在这样讲什么浪漫主义，就等于承认他们没有创造文艺的诚意。因为，照他们的成绩看来，他们压根儿就没有注重到文艺的本身，他们的目的只在披露他们自己的原形。顾影自怜的青年们一个个都以为自身的人格是再美没有的，只要把这个赤裸裸地和盘托出，便是艺术的大成功了。你没有听见他们天天唱道“自我的表现”吗？他们确乎只认识了文艺的原料，没有认识那将原料变成文艺所必需的工具。他们用了文字作表现的工具，不过是偶然的事，他们最称心的工作是把所谓“自我”披露出来，是让世界知道“我”也是一个多才多艺、善病工愁的少年；并且在文艺的镜子里照见自己那倜傥的风姿，还带着几滴多情的眼泪，啊！啊！那是多么有趣的事！多么浪漫！不错，他们所谓浪漫主义，正浪漫在这点上，和文艺的派别绝不发生关系。这种人的目的既不在文艺，当然要他们遵从诗的格律来作诗，是绝对办不到的；因为有了格律的范围，他们的诗就根本写不出来了，那岂不失了他们那“风流自赏”的本旨吗？所以严格一点讲起来，这一种伪浪漫派的作品，当它作把戏看可以，当它作西洋镜看也可以，但是万不能当它作诗看。格律不格律，因此就谈不上了。让他们来反对格律，也就没有辩驳的价值了。

上面已经讲了格律就是form。试问取消了form，还有没有艺术？

上面又讲到格律就是节奏。讲到这一层更可以明了格律的重要；因为世上只有节奏比较简单的散文，绝不能有没有节奏的诗。本来诗一向就没有脱离过格律或节奏。这是没有人怀疑过的天经地义。如今却什么天经地义也得有证明才能成立，是不是？但是为什么闹到这种地步呢——人人都相信诗可以废除格律？也许是“安拉基”精神，也许是好时髦的心理，也许是偷懒的心理，也许是藏拙的心理，也许是……那我可不知道了。

二

前面已经稍稍讲了讲诗为什么不当废除格律。现在可以将格律的原质分析一下了。从表面上看来，格律可从两方面讲：（一）属于视觉方面的；（二）属于听觉方面的。这两类其实又当分开来讲，因为它们是息息相关的。譬如属于视觉方面的格律有节的匀称，有句的均齐；属于听觉方面的有格式，有音尺，有平仄，有韵脚。但是没有格式，也就没有节的匀称，没有音尺，也就没有句的均齐。

关于格式、音尺、平仄、韵脚等问题，本刊上已经有饶孟侃先生《论新诗的音节》的两篇文章讨论得很精细了。不过他所讨论的是从听觉方面着眼的。至于视觉方面的两个问题，他却没有提到。当然视觉方面的问题比较占次要的位置。但是在我们中国的文学里，尤其不当忽略视觉一层，因为我们的文字是象形的，我们中国人鉴赏文艺的时候，至少有一半的印象是要靠眼睛来传达的。原来文学本是占时间又占空间的一种艺术。既然占了空间，却又不能在视觉上引起一种具体的印象——这是欧洲文字的一个缺憾。我们的文字有了引起这种印象的可能，如果我们不去利用它，真是可惜了。所以新诗采用了西文诗分行写的办法，的确是很有关系的一件事。姑

无论开端的人是有意的还是无心的，我们都应该感谢他。因为这一来，我们才觉悟了诗的实力不独包括音乐的美（音节），绘画的美（词藻），并且还有建筑的美（节的匀称和句的均齐）。这一来，诗的实力上又添了一支生力军，诗的声势更加扩大了。所以如果有人要问新诗的特点是什么，我们应该回答他：增加了一种建筑美的可能性是新诗的特点之一。

近来似乎有不少人对于节的匀称和句的均齐表示怀疑，以为这是复古的象征。做古人的真倒霉，尤其做中华民国的古人！你想这事怪不怪？做孔子的如今不但“圣人”“夫子”的徽号闹掉了，连他自己的名号也都给褫夺了，如今只有人叫他作“老二”；但是耶稣依然是耶稣基督，苏格拉提①依然是苏格拉提。你作诗摹仿十四行体是可以的，但是你得十二分小心，不要把它作得像律诗了。我真不知道律诗为什么这样可恶，这样卑贱！何况用语体文写诗写到同律诗一样，是不是可能的？并且现在把节作到匀称了，句作到均齐了，这就算是律诗吗？

诚然，律诗也是具有建筑美的一种格式；但是同新诗里的建筑美的可能性比起来，可差得多了。律诗永远只有一个格式，但是新诗的格式是层出不穷的。这是律诗与新诗不同的第一点。作律诗无论你的题材是什么？意境是什么，你非得把它挤进这一种规定的格式里去不可，仿佛不拘是男人、女人、大人、小孩，非得穿一种样式的衣服不可。但是新诗的格式是相体裁衣。例如《采莲曲》的格式绝不能用来写《昭君出塞》，《铁道行》的格式绝不能用来写《最后的坚决》，《三月十八日》的格式绝不能用来写《寻找》。在这几首诗里面，谁能指出一首内容与格式，或精神与形体不调和的诗来，

① 今通译作苏格拉底。苏格拉底（前470—前399），古希腊思想家、哲学家、教育家。

我倒愿意听听他的理由。试问这种精神与形体调和的美，在那印板式的律诗里找得出来吗？在那乱杂无章、参差不齐、信手拈来的自由诗里找得出来吗？

律诗的格律与内容不发生关系，新诗的格式是根据内容的精神制造成的，这是它们不同的第二点。律诗的格式是别人替我们定的，新诗的格式可以由我们自己的意匠来随时构造。这是它们不同的第三点。有了这三个不同之点，我们应该知道新诗的这种格式是复古还是创新，是进化还是退化。

现在有一种格式：四行成一节，每句的字数都是一样多。这种格式似乎用得很普遍。尤其是那字数整齐的句子，看起来好像刀子切的一般，在看惯了参差不齐的自由诗的人，特别觉得有点希奇。他们觉得把句子切得那样整齐，该是多么麻烦的工作。他们又想到作诗要是那样麻烦，诗人的灵感不完全毁坏了吗？灵感毁了，还哪里去找诗呢？不错，灵感毁了，诗也毁了。但是字句锻炼得整齐，实在不是一件难事，灵感绝不致因为这个就会受了损失。我曾经问过现在常用整齐的句法的几个作者，他们都这样讲；他们都承认若是他们的哪一首诗没有作好，只应该归罪于他们还没有把这种格式用熟；这种格式的本身，不负丝毫的责任。我们最好举两个例来对照着看一看，一个例是句法不整齐的；一个是整齐的，看整齐与凌乱的句法和音节的美丑有关系没有——

> 我愿透着寂静的朦胧，薄淡的浮纱，
> 细听着淅淅的细雨寂寂的在檐上，
> 激打遥对着远远吹来的空虚中的嘘叹的声音，
> 意识着一片一片的坠下的轻轻的白色的落花。

说到这儿，门外忽然灯响，

老人的脸上也改了模样；

孩子们惊望着他的脸色，

他也惊望着炭火的红光。

到底哪一个的音节好些——是句法整齐的，还是不整齐的？更彻底地讲来，句法整齐不但于音节没有妨碍，而且可以促成音节的调和。这话讲出来，又有人不肯承认了。我们就拿前面的证例分析一遍，看整齐的句法同调和的音节是不是一件事。

孩子们 | 惊望着 | 他的 | 脸色

他也 | 惊望着 | 炭火的 | 红光

这里每行都可以分成四个音尺，每行有两个“三字尺”（三个字构成的音尺之简称，以后仿此）和两个“二字尺”，音尺排列的次序是不规则的，但是每行必须还他两个“三字尺”两个“二字尺”的总数。这样写来，音节一定铿锵，同时字数也就整齐了。所以整齐的字句是调和的音节必然产生出来的现象。绝对的调和音节，字句必定整齐。（但是反过来讲，字数整齐了，音节不一定就会调和，那是因为只有字数的整齐，没有顾到音尺的整齐——这种整齐是死气板脸地硬嵌上去的一个整齐的框子，不是充实的内容产生出来的天然的整齐的轮廓。）

这样讲来，字数整齐的关系可大了，因为从这一点表面上的形式，可以证明诗的内在的精神——节奏的存在与否。如果读者还以为前面的证例不够，可以用同样的方法分析我的《死水》。

这首诗从第一行——

这是丨一沟丨绝望的丨死水

起，以后每一行都是用三个“二字尺”和一个“三字尺”构成的，所以每行的字数也是一样多。结果，我觉得这首诗是我第一次在音节上最满意的试验。因为近来有许多朋友怀疑到《死水》这一类麻将牌式的格式，所以我今天就顺便把它说明一下。我希望读者注意，新诗的音节，从前面所分析的看来，确乎已经有了一种具体的方式可循。这种音节的方式发现以后，我断言新诗不久定要走进一个新的建设的时期了。无论如何，我们应该承认这在新诗的历史里是一个轩然大波。

这一个大波的动荡是进步还是退化，不久也就自然有了定论。

先拉飞主义

味摩诘之诗，诗中有画，观摩诘之画，画中有诗。

——《东坡志林》

首先，这题目许用得着给下一点注脚。

最初用“先拉飞”这名词的是侨寓在意大利的一群法国画家，他们的目的是要在画里恢复中世纪的——拉飞儿（Raphael）以前的朴质的作风。现在讲到“先拉飞派”，它是指英国的罗瑟蒂（Dante Gabriel Rossetti）、韩德（Holman Hunt）和米雷（Sir John Millais）等等七个人。先拉飞兄弟会（The Pre-Raphaelite Brotherhood）是在一八四八年组织的；内中有画家，有雕刻家，有诗人。他们在画上签名便简写为P. R. B.。他们的言论机关叫做《胚胎》（*The Germ*）。他们会同批评家罗斯金，主张扫除拉飞儿以后的种种秀丽、纤弱的习气，恢复早期作家的简洁、真诚与笃实；还有当时那物质的潮流和怀疑的思想，他们也要矫正，因此他们要在画里表现出那中世纪的“惊异、虔诚和懔栗”等等的宗教情调。这运动的寿命并不长。不久“兄弟们”渐渐分散了，各人走上各人自己的蹊径，于是先拉飞兄弟会就无形地瓦解了。可是这次运动，在英国艺术上，确乎深深地印了一个戳记，特别是在装饰艺术上的影响很深。

以上可算“先拉飞运动”的一篇简明的历略。“先拉飞主义”给当时的批评界引起了不少的争辩。这主义所包含的原则很多，可讨论的也实在不少。我们现在要谈的，单是“先拉飞派”的画与“先拉飞派”的诗，两者之间相互的关系，和这种关系的评价。

文学里的“先拉飞主义”是个借用的名词。“先拉飞主义”在文学里并没有明确的定义。为便利起见，我们才借它来标明当时文学界的一种浪漫趋势，例如罗瑟蒂、莫理士、史文朋诸家的作品。所以文学与“先拉飞运动”即便有关系也是一种旁支庶出的关系，正如罗瑟蒂自称绘画是他的主业，诗只是副产品一样。不过拿“先拉飞”来形容那一帮人的作品，实在是比较最近于妥当的一个名词。再说他们的诗和“先拉飞派”的画也的确很有关系。不但他们有一部分人同时是诗人又是画家，并且他们还屡次在诗里表现画，或在画里表现诗。罗瑟蒂本人的集子里就有一大堆题画的商籁体。

美术和文学同时发展，在历史上本是常见的事。最显著的文艺复兴，便是一个伟大的美术时期，同时又是伟大的文学时期。因此有人称英国的十九世纪末叶为英国的文艺复兴。但是美术和文学，从来没有在同一个时期里，发生过那样密切的关系，不拘在哪个时期，断没有第二帮人像“先拉飞派”的“弟兄们”那样有意地用文学来作画，用颜料来吟诗的。“先拉飞主义”引起我们——至少作者个人的注意，便在这一点上。

讲到这里，我们马上想起王维的“诗中有画，画中有诗”那句老话。王维的“诗中有画，画中有诗”，比方，和罗瑟蒂的“诗中有画，画中有诗”同不同，是另一问题，不过拿这八个字来包括“先拉飞派”的艺术，倒是一个顶轻便的办法。这两句话，我以后还要常常借用，但是请读者注意，我声明在先，那是有条件，有范围的借用。

“先拉飞派”的画和“先拉飞派”的诗，何以发生那样密切的关系呢？我们研究这里种种的动因，有的属于时代的趋势，有的属于个人的天才，有些是机会凑成的，有些是人力强造的——极复杂，也极有趣。

艺术型类的混乱是“先拉飞派”的一个特征，开混乱艺术型类之端的可不是“先拉飞派”。一七六六年将近新古典运动的末叶，勒沁的《雷阿科恩》已经在攻击那种趋势。到十九世纪，那趋势反而变本加厉了，趋势简直变成了事实，并且不仅诗和画的界限抹煞了，一切的艺术都丢了自己的工作。给邻家代庖，罗瑟蒂的“诗中有画，画中有诗”只是许多现象中之一种。此外还有戈提叶（Gautier）的“艺术的移置”（“Transposition d’Art”），马拉美（Mallarmé）要用文学制成和合曲……诸如此类，数都数不清。看来这种现象，不是局部的问题，乃是那时代里全部思潮和生活起了一种变化——竟或是腐化。关于这一点，白璧德教授在他的《新雷阿科恩》里已经发挥得十分尽致了，不用我们再讲。我们要知道的只是那时代潮流的主因之外，还有许多副因和近因。下面这几点，对于阐明“先拉飞主义”发展的痕迹，许可以供给些参证。

先拉飞兄弟会成立的头年（一八四七），罗瑟蒂和他那般朋友对于济慈的诗发生了很深的兴味。这是一件值得注意的事，本来罗瑟蒂早就在济慈和柯立基的作品里看出了一种最高的浪漫的元素。后来他和韩德、米雷读霍顿的《济慈传》，又同时都觉得那诗人的作品，已经达到古典与浪漫调和到最适当的境地，并且那正是他们自己在美术里企望不到的最高目的。现在他们的愿望是要把这“灵”与“肉”的谐和移植到绘画里来。于是他们纠合了一般同志，组织了一个团体，规定每人得按时交进画稿来给大众批评，题目往往是由罗瑟蒂拟。下面这些画题，便是从济慈的《绮萨白娜》（*Isabella*）

里选出的：

（1）《情耦》

（2）《绮萨白娜的三个弟兄》

（3）《分离》

（4）《幻象》（绮萨白娜梦见她的哥弟们把情郎杀死了）

（5）《林中》（绮萨白娜到林子里把情郎的首级偷来了）

（6）《紫苏坛》（她把首级埋在坛里）

（7）《弟兄们发现了紫苏坛》

（8）《绮萨白娜之疯魔》

兄弟会未成立之前，他们和济慈已经有这样的关系，既成立以后，关系仍然没有改变。例如米雷的首屈一指的杰作《圣爱格尼节之前夕》（*The Eve of St. Agnes*）便取材于济慈的那首同名的诗；并且韩德的第一次重要的产品《马德林与波菲罗之出奔》（*The Flight of Madeline and Porphyro*）也是由那首诗脱胎的。还有济慈的《无情的美女》（*La Bella Dame Sans Mercé*）他们也都画过。

三人都是先拉飞兄弟会的台柱子，和济慈的关系又都那样深，看来是不是“先拉飞运动”之产生，济慈要负一份责任？再看他们崇拜济慈是因为他的诗是调和古典浪漫的大成功，“先拉飞运动”所以又可以说是借改造诗的方法，来改造画，正如他们后来又借改造画的方法去改造诗。这样不分彼此地挪借，便造就了诗与画里的许多新枪花，同时也便是艺术型类的大混乱。

假如没有个济慈，或是他们凑巧没有注意到济慈的诗，“先拉飞运动”还会不会实现呢？我们的答案大概属于正面，因为前面已经提过，兄弟会里以画家兼诗人的会员不在少数，罗瑟蒂本人不用讲了，此外吴勒（Thomas Woolner）在他的雕刻还没有成名以前，已经是一个很有天才的诗人；喀林生（James Collinson）在诗上也有相当

的成绩，他在第二期《胚胎》上发表的作品，据说很能代表“先拉飞派”那宗教的象征主义，和半禁欲、半任情的忧郁情调；裴登（Sir J. Noel Paton）和施高达（William Bell Scott）两个人也是诗画两方面都有贡献的；威廉·罗瑟蒂在两种艺术上都尝试过，他开始习画许太迟点，所以不能终局，他放弃作诗。据韩德说，为的是自己觉得不如老兄才搁笔的；还有老画家卜朗（Ford Mapox Brown），罗瑟蒂的老师，也能作诗，在《胚胎》上投过稿。以上都是画家兼诗人。其余的是会员也好，非会员而与他们有瓜葛的也好，几乎没有一个不是具有双料的兴趣，虽则画画的不必实行作诗，作诗的不必实行画画。最足以代表这一类的，便是两个“先拉飞派”的后劲白恩·琼士（Sir Edward Bume-Jones）和威廉·莫理士（William Morris）。这样看来，他们自身本有双方发展的可能性，恐怕用不着多少外来的刺激和指点，才会产生那种“诗中有画，画中有诗”的艺术。

我们许要问，怎么这样凑巧，恰恰让那样一群人聚到一堆来了，这现象是否和他们的中心人物——罗瑟蒂个人的天性，有点因果关系？换句话说，“先拉飞派”的命运，是不是由罗瑟蒂一手造成的，是不是因为主将的“诗中有画，画中有诗”，才有大家的“诗中有画，画中有诗”？不见得，罗瑟蒂的魔力不见得有那样大。不错，坚强自信的罗瑟蒂，富于“个人吸引力”的罗瑟蒂，惯于高兴支配别人，别人也乐于被他支配，但是我们绝不相信，偌大一个运动，是谁一个人的能力所能造设的。罗瑟蒂不过是许多分子之一；与其说罗瑟蒂支配众人，不如说大家互相支配，或许其中罗瑟蒂的势力比较大点。大家都是多才多艺，因为多才多艺，才要左手画圆，右手画方，结果当然圆里有方，方里也有圆了。兄弟会的事业，就是这么一回事。

单就“画中有诗”讲，英国也不仅“先拉飞派”的画家是那样，自从英国有画以来，可以说没有完全脱离过文学的色彩。英国人天生就不是意大利人、法兰西人、西班牙人或荷兰人那样的图画天才。绘画——由线条色彩构成的绘画，仿佛他们从来没有了解过。他们不是不能审美，他们的美，是从诗和其他的文学里认识的。他们有的是思想家、道德家、著作家；他们会“想”，可不大会“看”。自从阿瑟王和“圆桌”的时代，英国就有了诗，英国的画却是比较晚出的产品，所以难怪他们的兴趣根本在文学上，甚至于文学的势力还要偷进绘画里来。认真地讲，英国的画只算得一套文学的插图。就“先拉飞派”诗讲，罗瑟蒂的画是但丁的插图，韩德的是《圣经》的插图。再从全部的英国美术史看，从侯加士（Hogarth）数到白兰格文（Branguan），哪一个不是插图家？一个勃莱克（Blake），一个皮雅次蕾（Beardsley），两座高峰，遥遥相对，四围兀兀地布满了大大小小的山头，结构和趣味差不多属于一种的格调。芮洛慈（Beynolds）、盖恩斯伯洛（Gainsborough）以下的肖像画家，和魏尔生（Wilson）、康士塔孛（Constable）以下的风景画家，算是例外。可是你知道这两派都是荷兰人的传授，只可说是英国寄籍的荷兰画（肖像和风景根本也是不容易文学化的）。你简直没有法子叫英国人不在画里弄文。连兰西儿（Landseer）的狗子都要讲故事。文学是英国人的根性，所以罗瑟蒂才有这样的议论——他对白恩·琼士说——“谁心里若是有诗，他最好去画画，因为所有的诗都早已讲过了，写过了，但差不多没有人动手画过。”可见罗瑟蒂画画的动机是要作诗。你不能禁止英国人不作诗，如同不能禁止他们的百灵鸟不唱歌一样。

还有一种原因也足以使诗画的界限容易混乱。在《胚胎》的弁言里，他们已经声明过，在画上应用过的原则，也要在诗上应用；

其实在诗上应用的理由更大，因为绘画的旨趣非借具体的物象来表现不可，诗却可以直接达到它的鹄的。譬如画家若要在作品里表现一种精神的简洁性，必须想出各种方法来布置，描写他身外的对象；但是一个诗人——假如他是个能手——顿时就能捉住他那题材的精神，精神捉到了，再拿象征的或戏剧的方法给装扮起来，就比较容易了。柏尔（Clive Bell）在他的《艺术论》里，辨别美感和实用观念的区别，有一段话：“一个实际的人走进屋子里，看见几张椅子、桌子、沙发、一幅地毯和一座壁炉。他的理智认识了这些物件；假如他要在那里待下，或是放下一只杯子，他晓得他应该怎么办。那些物件的名字告诉了他许多方法——怎样应付那些实际问题的方法。但是在各个名字背后藏着的那些物件的本体，他不知道。艺术家可不同，名字不关他的事。他们只知道一件东西是产生一种情绪的工具，那便是说，他们只管得着物件本身的价值，……”好了，我们现在该明白了，什么是供应实用的物件，什么是供应美感的物件。譬如一只茶杯，我们叫它作茶杯，是因为它那盛茶的功能；但是画家注意的只是那物象的形状、色彩等等，它的名字是不是茶杯，他不管。但是一个画家怎样才能把那物象表现出来，叫看画的人也只感到形状色彩的美，而不认作茶杯呢？现在我们回到本题了，绘画的困难便在这里，绘画的困难比文学的大，也在这里。

White plates and cups clean-gleaming,
Ringed with blue Iines,

白禄克（Rupert Brooke）这种捉拿生魂的神通，绝不是画家梦想得到的。就叫塞桑（Cézanne）来动手，结果恐怕还免不掉有点隔膜。这是因为文学的工具根本是富于精神性的。“先拉飞主义”在诗上的问题小，在画上的问题大，并且他们的诗的成功比画的成功更加可观，便是这个道理。但是不幸的是，诗的地位占便宜些，就免不了要引起画的妒忌和羡慕。“先拉飞派”的画家看出了诗的可羡慕的地位，是对的，是他们有眼光；但是他们实际地羡慕了，并且不惜牺牲自家的个性，放弃自家的天职，去求绘画的诗化，那便错了，那是没有眼光。

罗斯金的艺术主张和“先拉飞派”的主张，本是两方面独自发现的，虽是两方面不约而同的发现，不过自从他们互相认识以后，“先拉飞派”从罗斯金得来的赞助和指导，的确是很多，罗斯金的影响好的、健全的固然不少，但是“先拉飞派”所以用作诗的方法作画，我们饮水思源，实在不能不把一部分的罪过堆在罗斯金身上。我们也承认“先拉飞派”对于宗教——更正确点，宗教方面的中世纪主义——的热心，难免是“牛津运动”的余波，可是如果没有罗斯金那样明白的表示和大声疾呼的提倡，我们也可以断定“先拉飞派”是不会得有那样坚决的、极端的主张，因此流弊也不致那样大。罗斯金说：

> 譬如，雷兰派的一部作品——鲁奔斯（Rubens），樊代克（Vandyke）和冷伯兰提（Rernbrandt）永远在例外——都是夸耀画家的口才，都是用清晰而有力的发音术咬着既无用又无味的字眼；至于齐码孛（Cimabue）和吉莪陀（Giotto）早年的成绩乃是婴孩嘴唇里吐出的热烈的预言。明哲的批评家应该负起责任来审慎辨别什么是语言，什么是思想，还要专心尊崇，赞颂思想，把语言认为下乘，绝对不当与思想相提并论或较量短长。一幅画，如果有的是较高尚较丰富的意义，不问表现得怎样笨拙，比起那表现美满而意义凡庸贫困的作品，定是一幅较伟大

的较好的画。

罗斯金的主意是要艺术有一种最高无上的道德的目的，他以为艺术的价值，是随着这目的之有无或高下为转移的，所以他注重的是绘画的“思想”，不是“语言”。这话当然不错，可是问题不是那样简单。试问到底哪里是“思想”和“语言”的分野？在绘画里，离开线条和色彩的“语言”，“思想”可还有寄托的余地？如果思想有了，就可以不择表现的方法，只要能达意就成了吗？譬如，在罗瑟蒂的《圣母的童年》里，我们看见一瓶百合，一把荆棘，知道百合象征贞洁，荆棘象征悲哀。好了，画家的意义我们明白了，可是那与绘画本身价值有什么关系？明白了是两个“文学的”概念。“文学的”概念只能间接地引起情感的反应，并且那种情感也未见得纯洁。当然，罗斯金并没有教画家拿那样潦草、肤浅的方法来表现“思想”，但是我们得承认，有了罗斯金的推崇“思想”，才有罗瑟蒂的只认目的，不择手段的流弊。不但罗瑟蒂，便是韩德的只求局部之精确，忘了全体的谐和，和米雷的欢喜在画里讲故事，何尝不是罗斯金的影响？

但是话又说回头了，我们也不必十分逼罗斯金，连老头子自己都没办法，因为批评家和创作家都是英国人，文学是英国人的天才，也是英国人的癖好。

否定肉体，偏执灵魂的中世纪主义，也是能损毁绘画的纯粹性的一种势力。我们拿中世纪色彩最浓的罗瑟蒂来作例。但是我们先得认清他的文学作品被人攻击为“肉体派的诗”，实在是个大冤枉，幸而攻击他的人，巴坎伦（Robert Buchanan）后来忏悔了。其实在罗瑟蒂的诗里，“肉体美”所以可贵，完全因为它是“灵魂美”的佐证，所谓“内在的、精神的、美德的一种外在的、有形的符号”，我们读他的《身体的美》（*Body's Beauty*）那首商籁体便知道了。诗人又在一首题名 Lovesight 的商籁体里问道：

When do I see the most, beloved one?
When in the light the spirit of mine eyes,
Before thy face, their altar, solemnize
The Worship of that love through thee made known?
Or when in the dusk hours, (we two alone,)
Close-kissed and eloquent of still replies
Thy twilight-hidden glimmering visage 1ies,
And my soul only sees thy soul its own?

这种神秘性充满了罗瑟蒂全部的著作，可是要把它运用到画里来，问题就困难了。因为神秘性根本是有诗意的，和画却隔膜得多。罗瑟蒂既拿定了主意要神秘化他的画，没有办法就拐一个弯，借那属于文学的，抽象的象征来帮忙，结果我们便得了这样一幅画，例如他的《但丁之梦》。在这画里，神秘的含义谁也承认是十分丰富，丰富的含义总算都表现得够分明的了。但是把它当作画看，未免太分明了，因为所谓"分明"是理智的了解，不是感觉的认识，所以在文学里可以立脚，在画里却没有存在的余地。

也许有人又要发问，神秘主义果真不在绘画的范围里吗？绘画绝对不许采取象征作手段吗？吉莪陀，齐玛孛，马沙奇俄（Masaceio）的地位应该推翻吗？不错，早期意大利的名手都是神秘家，都没有鄙视过象征。但是他们的时代是中世纪，不是做中世纪的梦的十九世纪，他们是在宗教里生活着，用不着靠宗教运动求生活，神秘是他们的天性，不是他们的主义；在他们无所谓象征，象

征便是实体。我们认为实体的，在他们都是象征。有了那种精神，岂独在美术上可以创造奇迹，在文学上，在生活上，哪一项不够我们惊异、拜倒、向往的？兄弟会虽是会模仿，甚至模仿古人那隐遁的生活，保持着一种宗教式的诚恳态度，但是没有用，模仿毕竟是模仿。何况他们对于宗教并没有正确的领悟。罗瑟蒂对于宗教是一种浪漫的癖好，正如韩德对于宗教是一种历史的好奇心，韩德向巴勒斯登搜集材料，罗瑟蒂向中世纪搜集材料，不过因为那一种空间的，一种时间的距离，能满足他们好奇的欲望罢了。他们的灵感的来源既不真，他们的作品当然是空洞的、软弱的、没有红血球的。

上面所讨论的，是站在绘画的立脚点上看为什么“先拉飞派”的画中有诗。我们拉杂地举了七种理由。如果翻过面来问，为什么“先拉飞派”的诗中又有画，理由当然有许多和上面相同，也有看了彼方面的理由，马上就可想起此方面的。例如单讲罗瑟蒂兄妹，知道安格鲁撒克逊民族的天才是文学，也便想得起拉丁民族的天才是造型艺术——罗瑟蒂兄妹是四分之三的意大利人，四分之一的英国人。还有知道他们的中世纪主义，也不能忘记他们的希腊主义，上文已经提过，他们在济慈的诗里发现了“灵”与“肉”最圆满的调和，并且要把它移植到画里来，可见他们的主张和片面的禁欲主义完全两样。他们的诗里所以充满了属于感觉的绘画，便是这个缘故。

我讲了许多不利于“先拉飞派”或罗瑟蒂个人的话，读者可不要误会，以为我完全不承认他们的价值。尤其是罗瑟蒂的作品，我不仅认为有价值，并且讲老实话，我简直不能抵抗它那引诱，虽是清醒的自我有时告诉我，那艳丽中藏着毒药。不用讲，我承认我的弱点，便是承认罗瑟蒂的魔力！例如《受佑的比雅特丽琪》（*Beata Beatrix*）、《潘多娜》（*Pandora*）、《窗前》（*La Donna della Finestra*）等等作品里的可歌可泣的神秘的诗意，谁不陶醉，谁不折服，谁还有工夫附和契斯脱登（G. K. Chesteton）来说那冷心的、狠心的话——“这个大艺术家的成功，是由于不曾辨清他的艺术的性质!”再看他的诗，举一个极端的例：

Herself shall bring us, hand in hand,
　　To him round whom all souls
Kneel, the clea-ranged unnumbered heads
　　Bowed with their aureoles:
And angels meeting us shall sing
　　To their Citherns and Cit les.

我们明晓得这不但是画意，简直是图画——是中世纪道院里那一个老和尚（也许是 Fra Angelico①）用金的、宝蓝的、玫瑰红的和五光十色的油漆堆起来的一幅图画。“诗中有画”我们见得多，从莎士比亚、斯宾叟以来的诗人，谁不会在文学里创造几幅画境？但是罗瑟蒂这样的，我们没有见过。我们也知道这正是亚里士多德说的“Shifting his ground another, kind”，但是这“移花接木”的本领是值得佩服的，并且这样开出的花是有一种奇异的芬芳和颜色，特别能勾引人们的赏玩。

总结一句，“先拉飞派”的诗和画，的确是有它们的特点，“先拉飞主义”无论在诗或画方面，似乎是一条新路。问题只是艺术的园地里到底有开辟新畦畛的必要与可能没有？勉强造成的花样，对于艺术的根本价值，是有益还是有损？契斯脱登的评论，我们现在可以全段地征引了：

① Fra Angelico，弗拉·安吉利科（？—1455），佛罗伦萨早期文艺复兴的画家。

罗瑟蒂是一个多方面而特出的人才；他没有在任何方面成功；不然，也许不会有人知道他。在那两种艺术上，他是一半成功，一半失败；他的成功完全是他那失败的巧术凑成的。假使他是邓尼生那样一个诗人，也许会成一个能画画的诗人；假使他是白恩·琼士那样一个画家，也许会成一个能作诗的画家。说也奇怪，在这极端的艺术运动的门限上，我们倒发现了这个大艺术家的成功是由于不曾辨清他的艺术的性质。他的诗太像画了。他的画太像诗了。正因为这个缘故，他的诗和画才能征服维多利亚时代的那冷淡的满意，因为他那种作品总算是有东西的，虽则在艺术上是不值些什么的东西。

我们再谈谈王摩诘的“诗中有画，画中有诗”作个结束。其实这话也不限于王摩诘一个人当得起。从来哪一首好诗里没有画，哪一幅好画里没有诗？恭维王摩诘的人，在那八个字里，不过承认他符合了两个起码的条件。“先拉飞派”的“诗中有画，画中有诗”可不同，那简直是“张冠李戴”，是末流的滥觞；猛然看去，是新奇，是变化；仔细想想，实在是艺术的自杀政策。

五月廿六日，南京

戏剧的歧途

近代戏剧是碰巧走到中国来的。他们介绍了一位社会改造家——易卜生。碰巧易卜生曾经用写剧本的方法宣传过思想，于是要易卜生来，就不能不请他的“问题戏”——《傀儡之家》《群鬼》《社会的柱石》等等了。第一次认识戏剧既是从思想方面认识的，而第一次的印象又永远是有权威的，所以这先入为主的“思想”便在我们脑里，成了戏剧的灵魂。从此我们仿佛说思想是戏剧的第一个条件。不信，你看后来介绍萧伯纳，介绍王尔德，介绍哈夫曼，介绍高斯俄绥……哪一次不是注重思想，哪一次介绍的真是戏剧的艺术？好了，近代戏剧在中国，是一位不速之客；戏剧是沾了思想的光，侥幸混进中国来的。不过艺术不能这样没有身份。你没有诚意请它，它也就同你开玩笑了，它也要同你虚与委蛇了。

现在我们许觉悟了。现在我们许知道便是易卜生的戏剧，除了改造社会，也还有一种更纯洁的——艺术的价值。但是等到我们觉悟的时候，从先的错误已经长了根，要移动它，已经有些吃力了。从先没有专诚敦请过戏剧，现在得到了两种教训。第一，这几年来我们在戏本上所得的收成，差不多都是些稗子，缺少动作，缺少结构，缺少戏剧性，充其量不过是些能读不能演的 closet drama[①] 罢了。第二，因为把思想当作剧本，又把剧本当作戏剧，所以纵然有了能

① closet drama，不登台表演的戏剧。

演的剧本，也不知道怎样在舞台上表现了。

剧本或戏剧文学，在戏剧的家庭里，的确是一个问题。只就现在戏剧完成的程序看，最先产生的，当然是剧本，但是这是丢掉历史的说话。从历史上看来，剧本是最后补上的一样东西，是演过了的戏的一种记录。现在先写剧本，然后演戏。这种戏剧的文学化，大家都认为是戏剧的进化。从一方面讲，这当然是对的。但是从另一方面讲，可又错了。老实说，谁知道戏剧同文学拉拢了，不就是戏剧的退化呢？艺术最高的目的，是要达到“纯形”（pure form）的境地，可是文学离这种境地远着了，你可知道戏剧为什么不能达到“纯形”的涅槃世界吗？那都是害在文学的手里。自从文学加进了一份儿，戏剧便永远注定了是一副俗骨凡胎，永远不能飞升了；虽然它还有许多的助手——有属于舞蹈的动作，属于绘画建筑的布景，甚至还有音乐，那仍旧是没有用的。你们的戏剧家提起笔来，一不小心，就有许多不相干的成分粘在他笔尖上了——什么道德问题、哲学问题、社会问题……都要粘上来了。问题粘得愈多，纯形的艺术愈少。这也难怪，文学，特别是戏剧文学之容易招惹哲理和教训一类的东西，如同腥膻的东西之招惹蚂蚁一样。你简直没有办法。一出戏是要演给大众看的；没有观众，也就没有戏，严格地讲来。好了，你要观众看，你就得拿他们喜欢看、容易看的，给他们看。假如你们的戏剧家的成功的标准，又只是写出戏来，演了，能够叫观众看得懂，看得高兴。那么他写起戏剧来，准是一些最时髦的社会问题，再配上一点作料，不拘是爱情，是命案，都可以。这样一来，社会问题是他们本地当时的切身的问题，准看得懂；爱情、命案，永远是有趣味的，准看得高兴。这样一出戏准能哄动一时。然后戏剧家可算成功了。但是戏剧的本身呢？艺术呢？没有人理会了。犯这样毛病的，当然不只戏剧家。譬如一个画家，若是没有真正的魄力来找出“纯形”的时候，他便摹仿照像了，描漂亮脸子了，讲故事了，谈道理了，做种种有趣味的事件，总要使得这一幅画有人了解，不管从哪一方面去了解。本来做有趣味的事件是文学家的惯技。就讲思想这个东西。本来同“纯形”是风马牛不相及的，但是哪一件文艺，完全脱离了思想，能够站得稳呢？文字本是思想的符号，文学既用了文字作工具，要完全脱离思想，自然办不到。但是文学专靠思想出风头，可真没出息了。何况这样出风头是出不出去的呢？谁知道戏剧拉到文学的这一个弱点当作宝贝，一心只想靠这一点东西出风头，岂不是比文学还要没出息吗？其实这样闹总是没有好处的。你尽管为你的思想写戏，你写出来的，恐怕总只有思想，没有戏。果然，你看我们这几年来所得的剧本里，不是没有问题、哲理、教训、牢骚，但是它禁不起表演，你有什么办法呢？况且这样表现思想，也不准表现得好，那可真冤了！为思想写戏，戏当然没有，思想也表现不出。“赔了夫人又折兵”，谁说这不是相当的惩罚呢？

不错，在我们现在这社会里，处处都是问题，处处都等候着易卜生、萧伯纳的笔尖来给它一种猛烈的刺激。难怪青年的作家个个手痒，都想来尝试一下。但是，我们可知道真正有价值的文艺，都是“生活的批评”，批评生活的方法多着了，何必限定是问题戏？莎士比亚没有写过问题戏，古今有谁批评生活比他批评得更透彻的？辛格批评生活的本领也不差罢？但是他何尝写过问题戏？只要有一个角色，便叫他会讲几句时髦的骂人的话，不能算是问题戏罢？总而言之，我们该反对的不是戏里含着什么问题，若是因为有一个问题，便可以随便写戏，那就把戏看得太不值钱了。我们要的是戏，不拘是哪一种的戏。若是仅仅把屈原、聂政、卓文君，许多的古人拉起来，叫他们讲了一大堆社会主义、德谟克拉西，或是妇女解放问题，就可以叫作戏，甚至于叫作诗剧，老实说，这种戏，我们宁可不要。

因为注重思想，便只看得见能够包藏思想的戏剧文学，而看不见戏剧的其余的部分。结果，到如今，不三不四的剧本，还数得上几个，至于表演同布景的成绩，便几等于零了。这样做下去，戏剧能够发达吗？你把稻子割了下来，就可以摆碗筷，预备吃饭了吗？你知道从稻子变成饭，中间隔着好几次手续，是同样的复杂。这些手续至少都同剧本一样的重要。我们不久就要一件件地讨论。

泰果尔批评

听说 Sir Rabindranath Tagore 快到中国来了。这样一位有名的客人光临我国，我们当然是欢迎不暇的了。我对客人来表示欢迎之后，却有几句话要向我们自己——特别是我们文学界——讲一讲。

无论怎样成功的艺术家，有他的长处，必有他的短处。泰果尔也逃不出这条公例。所以我们研究他的时候，应该知所取舍。我们要的是明察的鉴赏，不是盲目的崇拜。

哲理本不宜入诗，哲理诗之难于成为上等的文艺正因这个缘故。许多的人都在这上头失败了。泰果尔也曾拿起 Ulysses① 的大弓尝试了一番，他也终于没有弯得过来。国内最流行的《飞鸟》，作者本来就没有把它当诗作；（这一部格言、语录和“寸铁诗”是他游历美国时写下的。Philadelphia Public Ledger 的记者只说“从一方面讲这些飞鸟是些微小的散文诗”，因为它们暗示日本诗的短小与轻脆。）我们姑且不必论它。便是那赢得诺贝尔奖的《吉檀迦利》和那同样著名的《采果》，其中也有一部分是诗人理智中的一些概念，还不曾通过情感的觉识。这里头确乎没有诗。谁能把这些哲言看懂了，他所得的不过是猜中了灯谜的胜利的欢乐，绝非审美的愉快。这一类的千熬百炼的哲理的金丹正是诗人自己所谓——

① Ulysses，尤利西斯。

Life's harvest mellows into golden wisdom.

然而诗家的主人是情绪，智慧是一位不速之客，无须拒绝，也不必强留。至于喧宾夺主却是万万行不得的！

《吉檀迦利》同《采果》里又有一部分是平凡的祷词。我不怀疑诗人祈祷时候的心境最近于 ecstacy，ecstacy 是情感的最高潮，然我不能承认这些是好诗。推其理由，也极浅显。诗人与万有冥交的时候，已先要摆脱现象，忘记肉体之存在，而泯没其自我于虚无之中。这时候，一切都没有了，哪里还有语言，更哪里还有诗呢？诗人在别处已说透了这一层秘密——他说上帝的面前他的心灵 vainly struggles for a voice。从来赞美诗（hymns）中少有佳作，正因作者要在“入定”期中说话；首先这种态度就不诚实了，讲出的话，怎能感人呢？若择定在准备“入定”之前期或回忆“入定”之后期为诗中之时间，而以现象界为其背景，那便好说话了，因为那样才有说话的余地。

泰果尔的文艺的最大缺憾是没有把握到现实。文学是生命的表现，便是形而上的诗也不外此例。普遍性是文学的要质而生活中的经验是最普遍的东西，所以文学的宫殿必须建在生命的基石上。形而上学惟其离生活远，要它成为好的文学，越发不能不用生活中的经验去表现。形而上的诗人若没有将现实好好地把握住，他的诗人的资格恐怕要自行剥夺了。

印度的思想本是否定生活的，严格讲来，不宜于艺术的发展。泰果尔因为受了西方文化的陶染，他的思想已经不是标准的印度思想了。他曾宣言——Deliveranse is not for me in renunciation，然而西方思想究竟是在浮面粘贴着，印度的根性依然藏伏在里边不曾损坏。他怀慕死亡的时候，究竟比讴歌生命的时候多些。从他的艺术上看来，他在这世界里果然是一个生疏的旅客。他的言语，充满了抽象的字样，是另一个世界的方言，不像我们这地球上的土语。他似乎不大认识我们的环境与风俗，因为他提到这些东西的时候，只是些肤浅的观察，而且他的意义总是难得捉摸。总而言之，他的举止吐属，无一样不现着 outlandish①，无怪乎他常感着——

homesick…for tne one sweet hour across the sea of time,

因为他不曾明白地讲过吗？

I came to your shore as a stranger, I lived in your house as a guest…my earth.

泰果尔虽然爱好自然，但他爱的是泛神论的自然界。他并不爱自然的本身，他所爱的是 the simple meaning of thy whisper in showers and sunshine，是 God's power…in the gentle breeze，是鸟翼、星光同四季的花卉所隐藏着的，the unseen way。人生也不是泰果尔的文艺的对象，只是他的宗教的象征。穿绛色衣服的行客，在床上寻找花瓣的少女，仆人或新妇在门口伫望主人回家，都是心灵向往上帝的象征；一个老人坐在小船上鼓瑟，不是一个真人，乃是上帝的原身。诗人的“父亲”“主人”“爱人”“弟兄”“朋友”都不是血肉做的人，实在便是上帝。泰果尔记载了一些自然的现象，但没有描写它们；他只感到灵性的美，而不赏识官觉的美。泰果尔摘录了些人生的现象，但没有表现出人生中的戏剧；他不会从人生中看出宗教，只用宗教来训释人生。把这些辨别清楚了，我们便知道泰果尔何以

① outlandish，古怪的。

没有把握住现实；由此我们又可以断言，诗人的泰果尔定要失败，因为前面已经讲过，文学的宫殿必须建在现实的人生的基石上。果然我们读《吉檀迦利》《采果》《园丁》《新月》等，我们仿佛寄身在一座云雾的宫阙里，那里只有时隐时现、似人非人的生物。我们初到时，未尝不觉得新奇可喜；然而待久一点，便要感着一种可怕的孤寂，这时我们渴求的只是与我们同类的人，我们要看看人的举动，要听听人的声音，才能安心。我们在泰果尔的世界里要眷念着我们的家乡，犹之泰果尔在我们的地球上时时怀想他的故土一样。

多半时候泰果尔只能诉于我们的脑海，他常常能指点出一个出人意外、人人意中的真理来。但是他并不能激动我们的情绪，使我们感觉到生活的溢流。这也是没有把握住人生的结果。他若是勉强弹上了情绪之弦，他的音乐不失之于渺茫，便失之于纤弱。渺茫到了玄虚的时候，便等于没有音乐！纤弱的流弊能流于感伤主义。我们知道作《新月》的泰果尔很能了解儿童，却不料他自己竟变成一个儿童了，因为感伤主义正是儿童与妇女的情绪。（写到这里，我记起中国最善学泰果尔的是一个女作家；必是诗人的作品中女性的成分才能引起女人的共鸣。）泰果尔的诗是清淡，然而太清淡，清淡到空虚了；泰果尔的诗是秀丽，然而太秀丽，秀丽到纤弱了。Mr. John Macy 批评《园丁》里一首诗讲道：（it）would be faintly impressive if Walt Whitman had never lived，我们也可以讲若是李、杜没有生，韦、孟也许可以作中国的第一流诗人了。

在艺术方面泰果尔更不足引人入胜。他是个诗人，而不是个艺术家。他的诗是没有形式的。我讲这一句话恐怕又要触犯许多人的忌讳。但是我不能相信没有形式的东西怎能存在，我更不能明了若没有形式，艺术怎能存在！固定的形式不当存在；但是那和形式的本身有什么关系呢？我们要打破一个固定的形式，目的是要得到许多变异的形式罢了。泰果尔的诗不但没有形式，而且可说是没有廓线。因为这样，所以单调成了它的特性。我们试读他的全部诗集，从头到尾，都仿佛不成形体，没有色彩的 amoeba① 式的东西。我们还要记好这是些抒情的诗。别种的诗若是可以离形体而独立，抒情诗是万万不能的。Walter Pater② 讲了："抒情诗至少从艺术上讲来是最高尚最完美的诗体，因为我们不能使其形式与内容分离而不影响其内容之本身。"

泰果尔的诗之所以伟大是因为他的哲学，论他的艺术实在平庸得很。他在欧洲的声望也是靠他诗中的哲学赢来的。至于他的知音夏芝所以赏识他，有两种潜意识的私人的动机，也不必仔细去讲它。但是我们要估定泰果尔的真价值，就不当取欧洲人的态度或夏芝的态度，也不当因为作者与自己同是东方人，又同属于倒霉的民族而受一种感伤作用的支配；我们但当保持一种纯客观的，不关心的 disinterested③ 态度。若真能用这种透视法去观赏泰果尔的艺术，我想我们对于这位诗人的价值定有一番新见解。于今我们的新诗已够空虚，够纤弱，够偏重理智，够缺乏形式的了，若再加上泰果尔的影响，变本加厉，将来定有不可救药的一天。希望我们的文学界注意。

① amoeba，阿米巴。
② 沃尔特·佩特（Walter Pater，1839—1894），英国作家、文艺批评家。
③ disinterested，无私心的。

诗与批评

什么是诗呢？我们谁能大胆地说出什么是诗呢？我们谁能大胆地决定什么是诗呢？不能！有多少人是曾经对于诗发表过意见，但那意见不一定是合理的，不一定是真理；那是一种个人的偏见，因为是偏见，所以不一定是对的。但是，我们怎样决定诗是什么呢？我以为，来测度诗的不是偏见，应该是批评。

对于“什么是诗”的问题，有两种对立的主张：

有一种人以为：“诗是不负责的宣传。”

另一种人以为：“诗是美的语言。”

我们念了一篇诗，一定不会是白念的，只要是好诗，我们念过之后就受了它的影响；诗人在作品中对于人生的看法影响我们，对于人生的态度影响我们，我们就是接受了他的宣传。诗人用了文字的魔力来征服他的读者，先用了这种文字的魅力使读者自然地沉醉，自然地受了催眠，然后便自自然然地接受了诗人的意见，接受他的宣传。这个宣传有如何的效果呢？诗人不问这个，因为他的宣传是不负责的宣传。诗人在作品中所表示的意见是可靠的吗？这是不一定的，诗人有他自己的偏见，偏见不一定是对的。好些人把诗人比作疯子，疯人的意见怎么是真理呢？实在，好些诗人写下了他的诗篇，他并不想到有什么效果，他并不为了效果而写诗，他并不为了宣传而写诗，他是为诗而写诗的；因之，他的诗就是一种不负责的东西了，不负责的东西是好的吗？这是一个很重要的问题，所以，第一种主张，就侧重在这种宣传的效果方面，我想，这是一种对于诗的价值论者。

好些人念一篇诗时是不理会他的价值的，他只吟味词句的安排，惊喜于韵律的美妙：完全折服于文字与技巧。这种人往往以为他的态度仅止于欣赏，仅止于享受而已。他是为念诗而念诗。其实这是不可能的事，在文字与技巧的魅力上，你并不只享受于那份艺术的功力，你会被征服于不知不觉中，你会不知不觉地为诗人所影响，所迷惑。对于这种不顾价值，而只求感受舒适的人，我想他们是对于诗的效率论者。

这两种态度都是不对的。因为单独的价值论或是效率论都不是真理。我以为，从批评诗的正确的态度上说，是应该二者兼顾的。

柏拉图在他的《理想国》中赶走了诗人，因为他不满意诗人。他是一个极端的价值论者，他不满意于诗人的不负责的宣传。一篇诗作是以如何残忍的方式去征服一个读者。诗篇先以美的颜面去迷惑了一个读者，叫他沉迷于字面、音韵、旋律，叫他为这些奉献了自己，然而又以诗人的偏见深深烙印在读者的灵魂与感情上，然而这是一个如何的烙印——不负责的宣传已是诗的最大罪名了，我们很难有法子让诗人对于他的宣传负责，（诗人是否能负责又是一个问题。）这样一来，为了防范这种不负责的宣传，我们是不是可以不要诗了呢？不行，我们觉得诗是非要不可，诗非存在不可的。既然这样，所以我们要求诗是“负责的宣传”。我们要求诗人对他的作品负责，但这也许是不容易的事，因之，我们想得用一点外力，我们以社会使诗人负责。

负责的问题成为最重要的了，我们为了诗的光荣存在而辩护，我们不能不要求诗的宣传是负责的，是有利于社会的。我们想，若

是要知道这宣传是否负责而用新闻检查的方式，实在是可笑的，我们不能用检查去了解，我们要用批评去了解；目前的诗作是可用检查的方式限制的，但这限制对于古人是无用的；而且事实上有谁会想出这种类似焚书坑儒的事来折磨我们的诗人呢？我想应该不会。在苏联和别的国家也许用一种方法叫诗人负责，方法很简单，就是拉着诗人的鼻子走，如同牵牛一样。政府派诗人作负责的诗，一个纪念，叫诗人作诗；一个建筑落成，叫诗人作诗。这样，好些诗是写出来了，但结果，在这种方式下产生出来的作品，只是宣传品，而不是诗了。既不是诗，宣传的力量也就小了，或甚至没有了。最后，这些东西既不是诗，也不是宣传品，则什么都不是了，我们知道马也可夫斯基写过诗，也写过宣传品，后来他自杀了，谁知道他为什么自杀呢？所以我想，拉着诗人的鼻子走的方式并不是好的方式。

政府是可以指导思想的。但叫诗人负责，这不是诗人做得到的；上边我说，我们需要一点外力，这外力不是发自政府，而是发自社会，我觉得去测度诗的是否为负责的宣传的任务不是检查所的先生完成得了的，这个任务，应该交给批评家。

每个诗人都有他独特的性格、作风、意见和态度，这些东西会表现在作品里。一个读者要单选上一个诗人的东西读，也许不是有益而是有害的，因为我们无法担保这个诗人是完全对的，我们一定要受他的影响，若他的东西有了毒，是则我们就中毒了。鸡蛋是一种良好的食品，既滋补而又可口，但据说吃多了是有毒的，所以我们不能天天只吃鸡蛋，我们要吃别的东西。读诗也一样，我觉得无妨多读，从庞乱中，可以提取养料来补自己。我们可以读李白、杜甫、陶潜、李商隐、莎士比亚、但丁、雪莱，甚至其他的一切诗人的东西，好些作品混在一起，有毒的部分抵消了，留下滋养的成分；

不负责的部分没有了，留下负责的部分。因为，我们知道凡是能够永远流传下去的东西，差不多可以说是好的，时间和读者会无情地淘汰坏的作品。我以为我们可以有一个可靠的选本，这位批评家应该懂得人生，懂得诗，懂得什么是效率，懂得什么是价值。

我以为诗是应该自由发展的。什么形式什么内容的诗我们都要。我们设想我们的选本是一个治病的药方，那么里面可以有李白、杜甫、陶渊明、苏东坡、歌德、济慈、莎士比亚；我们可以假想李白是一味大黄吧，陶渊明是一味甘草吧，他们都有用，我们只要适当地配合起来，这个药方是可以治病的。所以，我们与其去管诗人，叫他负责，我们不如好好地找到一个批评家，批评家不单给我们以好诗，而且可以给社会以好诗。

历史是循环的，所以我现在想提到历史来帮助我们了解我们的时代，了解时代赋予诗的意义，了解我们批评的态度。封建的时代，我们看得出只有社会，没有个人，《诗经》给他们一个证明。《诗经》的时代过去了，个人从社会里边站出来，于是我们发觉《古诗十九首》实在比《诗经》可爱，《楚辞》实在比《诗经》可爱。因为我们自己现在是个人主义社会里的一员，我们所以喜爱那个人的表现，我们因之觉得《古诗十九首》比《诗经》对我们更亲切。《诗经》的时代过去了之后，个人主义社会的趋势已经非常明显了。而且实实在在就果然进到了个人主义社会。这时候只有个人，没有社会。个人是耽沉于自己的享乐，忘记社会，个人是觅求“效率”以增加自己愉悦的感受，忘记自己以外的人群。陶渊明时代有多少人过极端苦闷的日子，但他不管，他为他自己写下闲逸的诗篇。谢灵运一样忘记社会，为自己的愉悦而玩弄文字——当我们想到那时别人的苦难，想着那幅流民图，我们实实在在觉得陶渊明与谢灵运之流是多么无心肝，多么该死——这是个人主义发展到极端了，到

了极端，即是宣布了个人主义的崩溃、灭亡。杜甫出来了，他的笔触到广大的社会与人群，他为了这个社会与人群而共同欢乐，共同悲苦，他为社会与人群而振呼。杜甫之后有了白居易，白居易不单是把笔濡染着社会，而且他为当前的事物提出他的主张与见解。诗人从个人的圈子走出来，从小我而走向大我，《诗经》时代只有社会，没有个人，再进而只有个人没有社会，进到这时候，已经是成为了个人社会（Individual Society）了。

到这里，我应提出我是重视诗的社会的价值了。我以为不久的将来，我们的社会一定会发展成为Society of Individual，Individual for Society（社会属于个人，个人为了社会）的，诗是与时代共同呼吸的，所以，我们的时代不单要用效率论来批评诗，而更重要的是以价值论诗了，因为加在我们身上的将是一个新时代。

诗是要对社会负责了，所以我们需要批评。《诗经》时代何以没有批评呢？因为。那些作品都是负责的，那些作品没有“效率”，但有“价值”，而且全是“教育的价值”，所以不用批评了。（自然，一篇实在没有价值的东西也可以说得出价值来的，对这事我们可以不必论及了。）个人主义时代也不要批评，因为诗就是给自己享受享受而已，反正大家标准一样，批评是多余的；那时候不论价值，因为效率就是价值。（诗话一类的书就只在谈效率，全不能算是批评。）但今天，我们需要批评，而且需要正确而健康的批评。

春秋时代是一个相当美的时代，那时候政治上保持一种均势。孔子删诗，孔子对于诗作过最好的、最合理的批评。在《左传》上关于诗的批评，我认为是对的。孔子注重诗的社会价值。自然，正确的批评是应该兼顾到效率与价值的。

从目前的情形看，一般都只讲求效率，而忽视了价值，所以我要大声疾呼，请大家留心价值。有人以为看重价值就会忽略了效率，就会抹熬了效率。我以为不会。这种担心是多余的。我们不要以为效率会被抹煞，只要看看普遍的情形。我们不是还叫读诗为欣赏诗吗？我们不是还很重视于字句声律这些东西吗？社会价值是重要的，我们要诗成为“负责的宣传”，就非得看重价值不可，因为价值实在是被“忽视”了。

诗是社会的产物，若不是于社会有用的工具，社会是不要它的。诗人发掘出了这原料，让批评家把它做成工具，交给社会广大的人群去消化。所以原料是不怕多的，我们什么诗人都要，什么样的诗都要，只要制造工具的人技术高，技术精。

我以为诗人有等级的，我们假设说如同别的东西一样分作一等、二等、三等，那么杜甫应该是一等的，因为他的诗博大。有人说黄山谷、韩昌黎、李义山等都是从杜甫来的，那么杜甫是包罗了这么多“资源”，而这些资源大都是优良的美好的，你只念杜甫，你不会中毒，你只念李义山就糟了，你会中毒的，所以李义山只是二等诗人了。陶渊明的诗是美的，我以为他诗里的资源是类乎珍宝一样的东西，壮丽而没有用，是则陶渊明应列在杜甫之下。

所以，我们需要懂得人生，懂得诗，懂得什么是效率，懂得什么是价值的批评家为我们制造工具，编制选本，但是，谁是批评家呢？我不知道。

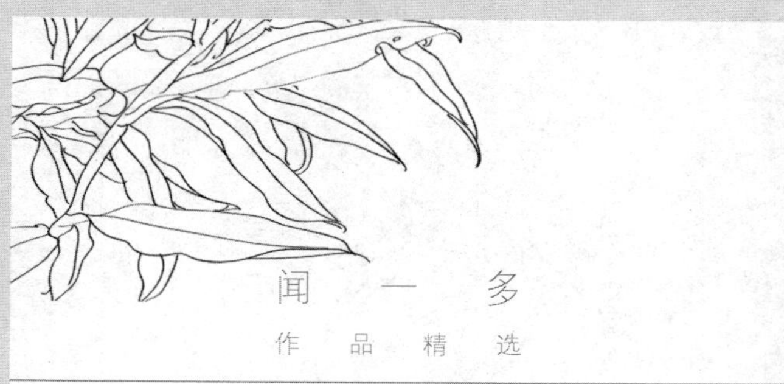

闻　一　多

作　品　精　选

书信

书信

致梁实秋　其一

实秋吾友：

归家以后，埋首故籍，“著述热”又大作，以致屡想修书问讯，辄为搁笔。侵晨盆莲初放，因折数枝，供之案头，复听侄辈诵周茂叔《爱莲说》，便不由得不联想及于三千里外之故人。此时纵犹惮烦不肯作一纸寒暄语以慰远怀，独不欲借此以钩来一二首久久渴念之《荷花池畔》之新作乎？（如蒙惠书，请寄沪北四川路青年会。）

《李白之死》竟续不成，江郎已叹才尽矣！归来已缮毕《红烛》，赓续《风叶丛谈》（现更名《松麈谈玄阁笔记》——放翁诗曰：“折取青松当麈尾，为子试谈天地初。”），校订增广《律诗底研究》，作《义山诗目提要》，又研究放翁，得笔记少许。暇则课弟、妹、细君及诸侄以诗，将以“诗化”吾家庭也。

《增刊》① 所载《离别》一小说，读之令我且惊且赧。我猜作者非翟即顾②，你当知之。作者本教我不作回书，我却有不能不作底理由（详附函中）。附书请你转交，谅无失也。

附奉拙作《红荷之魂》一首，此归家后第一试也。我近主张新诗中用旧典，于此作中可见一斑。尊意以为然乎哉？

---

① 《清华周刊》的文艺增刊。

② 翟，即翟恒字毅夫；顾，即顾毓琇字一樵。二人皆为作者在清华时的同学。

放翁有一绝云：——

“六十余年妄学诗，工夫深处独心知——
夜来一笑寒灯下，始是金丹换骨时！”

骨不换固不足言诗也。老杜之称青莲曰——

“自是君身有仙骨，世人那得知其故？”

吾见世人无诗骨而“妄学诗”者众矣。南辕北辙，必其无通日，哀哉！顺问　暑安！

一多

六月廿二日

红荷之魂

盆莲饮雨初放，折了几枝，供在案头，又听侄辈读周茂叔《爱莲说》，便不由得不联想及于三千里外《荷花池畔》底诗人。赋此寄呈实秋，兼上景超及寓西山诸友。

太华玉井底神裔啊！
不必在淤泥里久恋了。
这玉胆瓶里底寒浆有些冽骨吗？
那原是没有堕世的山泉哪！

高贤的文章啊！雏凤的律吕啊！
往古来今竟携了手来谀媚着你。
来罢！听听这蜜甜的赞美诗！
抱霞摇玉的仙花呀！
我怎不想到你的灵魂？
灵魂啊！到底又是谁呢？

是千叶宝座上底如来吗？
还是丈余红瓣中底太乙呢？
是五老峰前底诗人吗？
还是洞庭湖畔的骚客呢？

“红荷”底魂啊！
爱美的诗人啊！
便稍许艳一点，
还不失为“君子”。

看那颗颗坦张的荷钱啊！
可敬的——向上底虔诚，
可爱的——圆满底个性，
花魂啊！佑他们充分地发育罢！

花魂啊！
不要让菱芡藻荇底势力，
蚕食了泽国底版图。

花魂啊!
要将崎岖的动底烟波,
织成灿烂的静底锦绣。

然后,高蹈的鸬鹚啊!
水国烟乡底顾客们啊!
只欢迎你们来逍遥着,偃卧着,
因为你们知道了你们的义务。

附　信

我亲爱的“犯人”:

你冤枉了,我不知怎样就误罚了你,我懊悔不完!我不知道我已冤了多少同你一样的人;我也不知自己被别人这样冤了多少次!唉!但是,亲爱的朋友,你知道还有人一壁讲别人滥刑,一壁自己也正在滥刑吗?什么魔鬼诱我在“我个人对于母校的依依不舍……”一语后又画蛇添足,添了一句什么“没有关系”的自欺欺人底话呢?但是又是什么魔鬼诱了你在那披肝沥腑,可歌可泣的短札后又添了这样自欺欺人底一段呢?——

“他看完了这封信,也不必调查他朋友的姓名。他把信收好,更不必写什么回信。……”

朋友啊!昨晚我弟弟到家,我首先便问他要清华增刊,到夜深才看到你的大作。我看完首页便知是同我有关的,我喜极了,看完了第二页，更喜出望外，便向与我同看的妹妹及细君讲："我要写封信去。"谁知看到篇末，竟不准我写信呢？这时，我竟是宣告了死刑的犯人了！朋友！那篇末一节文字比起"再见——我这边走了！"一语，究竟如何？朋友！你受的是一等无期徒刑，我呢？——恐怕是死刑罢？唉！我既不能作小说，若不许写信，我这冤屈不将永无雪白之日么？朋友！你看过《三叶集》吗？你记得郭沫若、田寿昌缔交底一段佳话吗？我生平服膺《女神》几于五体投地，这种观念，实受郭君人格之影响最大，而其一生行事就《三叶集》中可考见的，还是同田君缔交底一段故事，最令人景仰。我每每同我们的朋友实秋君谈及此二君之公开之热诚，辄为感叹不已。我生平自拟公开之热诚恐不肯多让郭田，只是勇气不够罢了。清华文学社中同社有数人我极想同他们订交，以鼓舞促进他们的文学的兴趣，并以为自己观摩砥砺之资。终于我的勇气底马力不足以鼓我上前向他们启齿。至今我尚抱为至憾。朋友，我诚不知你是谁，但我决定我这信若请实秋转呈，必定万无一失。你是毅夫吗？你是一樵吗？总之两位都是我素所景仰的；我从前只是自惭形秽，所以不敢冒昧罢了。总之，朋友，你可有这样勇气用你的真姓名赐我一封回信吗？

你说我有学问，我真不敢当。只是我自信颇能好学。你祝我成功，我倒知道应该益加勉励。

信写完了，我要还到那天晚上会中发言底起首两句话——便是对于母校的依依不舍同对于文学社的依依不舍。这两句话确是出于真情。我愿你与同社诸公努力为母校为本社效劳；我用我的至诚祝你们的成功！

我于偶然留校的一年中得观三四年来日夜祷祝之文学社之成立，更于此社中得与诗人梁实秋缔交，真已喜出望外，今既离校复得一知己如足下者，更喜出望外之外矣！唉！十年之清华生活无此乐也。

我之留级，得非塞翁失马之比哉？顺祝暑安！

误人自误的罪犯，
你的最忠诚的朋友　一　多

致梁实秋　其二

实秋：

阴雨终朝，清愁如织；忽忆放翁“欲知白日飞升法，尽在焚香听雨中”之句，即起焚香，冀以“雅”化此闷雨。不料雨听无声，香焚不燃，未免大扫兴会也。灵感久涸，昨晚忽于枕上有得，难穷落月之思，倘荷骊珠之报？近复细读昌黎，得笔记累楮盈寸，以为异日归国躬耕砚田之资本耳。草此藉候文安。

景超、毅夫、毓琇诸友不另。

一　多　谨启

九，十九于美国芝城。

寄怀实秋

泪绳捆住的红烛
已被海风吹熄了！
跟着是一缕犹疑的轻烟，
左扭右折，
不知往那里去才好——
啊！解体的灵魂哟！

失路底悲哀哟！

在黑暗底严城里，
恐怖方施行他的高压政策：
诗人底尸肉
在那里仓皇着，
仿佛一只丧家之犬呢。

莲蕊间酣睡着的恋人啊！
不要灭了你的纱灯。
几时珠箔银绦飘着过来，
可要借给我点燃我的残烛，
好在这阴城里边
为我照出一条道路。

烛又点燃了，
那时我便作个自照的流萤，
在深更底风露里，
还可以逍遥着直到天明！

晚　秋

和西风闹了一晚的酒，
醉得颠头跌脑，
洒了金子，扯了锦绣，

还呼呼吼个不休。

啊！奢豪的秋，自然底浪子！
春夏辛苦了半年，
能有多少的蓄积，
供你这样地挥霍？
如今该要破产了罢？

笑

朝日里的秋忍不住笑了——
笑出金子来了——
黄金笑在槐树上，
赤金笑在橡树上，
白金笑在白皮松上。

硕健的杨树
裹着件拼金的绿衫，
一支手叉着腰，
守在池边微笑；
矮小的丁香
躲在墙脚下微笑。

白杨笑完了，
只孤另另地，
竖在石青色的天空里发呆。

成年了的楝叶
向西风抱怨了一夜，
终于得了自由，
红着脸儿，
笑嘻嘻地脱离了故枝。

致吴景超、梁实秋

景超、实秋：

这几天功课做得正得劲，回到寓所来，又总有一封家乡来的信躺在桌上等我。远游异国的人没有比这更开心的事了！昨答毅夫、毓琇书，谅已见到；雷同的话就不用重述了。文学社的印刷物怎样了？我还是赞成出单行本。不过在这里我有点私见，我以为经济问题由团体负责很有些不便的地方。若果由个人负责，出版时又何必加上一个文学社的招牌呢？我想最好印刷的事脱离文学社底关系。如果同时有数人底作品出版，他们的性质或论调相同，他们当然是一个不挂名的团体了。用文学社的名义于文学社讲起来许好听点，但于该著作对于社会发生影响与否毫无关系。换言之，一种出版物，社会若要注意它或忽视它，并不以其属于文学社与否为转移。老实讲起来我们的“艺术为艺术”底主张，何尝能代表文学社全体呢？我们那些由此种主张而产出的作品，又何尝能代表文学社全体呢？（《红烛》底一大半是先文学社而诞生的）我们文学社是以兴趣结合的团体，不是以主张结合的团体。现在我们偏要以一种主张现于社会之前，将来若有人要庇荫于此社发表一种牛头不对马嘴的言论，我们既无法亦不当禁止；那时该怎样为情呢？我们现在若要出诗集或小说集，不应该存心替自己或文学社出风头。我们耳闻诗坛叫嚣，瓦缶雷鸣，责任所在不能不指出他们的迷途来；我们相信自己的作

品虽不配代表我们的神圣的主张，但我们藉此可以表明我们信仰这主张之坚深能使我们大胆地专心地实行它。所以我们现在只要设法使我们的产品与社会相见就罢了；社里若不能帮忙，我们自己干起来，还更好呢。我想必没有人疑心我对于社底忠诚减替了。我要出版与社脱离关系底理由应该 supersede① 社底利益，我想是人人承认的吧。

我讲了这一大堆话，没有想到全是白讲了；因为等我的信到，至少两个月已经过了，这两个月中你们的情形或变更了，计划或变更了，我还在研究历史呢。总之，你们还是想着怎样好就怎样办。我老老实实地也将《红烛》赶快抄来，由你们分发罢。经济方面社里能帮助更好，不能也不要紧（虽然我从前讲的每月可省二十美金完全是个梦想，现在想省五块钱还做不到）。至于审察稿件，我不信应该归社友通过。文学社不是做买卖的地方，替一个人出了钱便要干涉他的稿件。我可以请几位朋友私人地帮我鉴定；但拿我的稿子去给大会当议案似的讨论通过，我可不干。我写到这里来，更觉得用文学社底名义出版底困难，真层出不穷；我们只好舍去这个念头罢！

现在我又有个新意思，不知能否实行。如果个人底经济责任难负，我情愿劝毅夫与实秋将他们的小说与诗反正迟一年再出版。我知道当学生的是没有多少闲钱干这些事的。你们能筹多少，无妨先留下。到美后，再省下几个添补起来，定归够了。最要紧我们在这一年中，可以先多作批评讨论的零星论文，以制造容纳我们的作品底空气。并且你们明年过来了，不论在东美或西美，我们通讯总容易多了；那时我们可以斟酌讨论。将我们的作品一齐送出去。当然《冬夜》《草儿》各评，可以立刻付印；有力量就出单行本，没有也

① supersede，取代。

只好向那个报纸或杂志讨个栖身之所罢了。

感谢实秋报告我中国诗坛底现况。我看了那，几乎气得话都说不出。“始作俑者”的胡先生啊！你在创作界作俑还没有作够吗？又要在批评界作俑？唉！左道日昌，吾曹没有立足之地了！我极望你们寄一本《湘君》给我认识认识。《雪朝》出版了没有？到底如何？

实秋告诉我那丧气的关于文学社的消息，我真不知怎样地痛心！实秋啊！你不能逃你的责任！这里你的朋友不容你逃你的责任！

看那颗颗坦张的荷钱啊！
可敬的——向上底虔诚，
可爱的——圆满底个性。
花魂啊！佑他们充分地发育罢！

实秋谢绝了一切的business①，好极了，是极了！希望你保持诗人底胸怀与人格，努力于创造之途！

景超问我读诗底方法；我不知你是指研究还是指鉴赏。若指研究，单摘佳篇佳句是不够的。恶篇恶句一样地要紧。还有诗人底性格哲学，也是要从诗中抽出来的。但最要紧的，是要会generalize②——看完一个人底诗——一首诗也同然——要试试能否locate his rank，classify his kind and determine his value③；若不能，便须再细心研究，至能为此而止。譬如我读完昌黎，我的三个答案是一，他应占的位置比已占的许要高一点，二，他不是抒情的乃是叙事的天才(他虽没有作过正式的Epics④)，三，他是一个新派别底开山老祖。

① business，金钱交易。

② generalize，概括。

③ 指“确定诗人的等级、派别和价值。”

④ Epics，叙事诗。

要求这种答案非 read between the lines① 不可。还有历史也有研究的价值，那便是诗人的传记了。

我有一个很好的很要紧的新闻告诉你们；前天认识一位 Mrs. Bush——一个有“支那热”的太太。伊藏了许多中国画幅瓷器，要我告诉伊这些东西底价值与年代。伊请我午餐，遂谈及些诗画底闲话。伊要介绍我给 Miss Harriet Monroe② 那位著名的 enthusiast for and critic of poetry③；（伊的杂志——《Poetry》你们收到没有？）还要介绍我给 Carl Sandburg④（这位诗人前回的信里我也讲过）。致 Miss Monroe 的介绍信我已得着了，我想过几天就去拜访伊了。那时我定有信报告你们我们谈话底经验。再谈。顺问　近好！

一　多

双十节夜

---

① 指“读懂诗歌文字以外的东西”。

② Harriet Monroe，哈丽特·门罗（1880—1936），美国学者、文学评论家。

③ 指“诗歌的热爱者和批评者”。

④ Carl Sandburg，卡尔·桑德堡（1878—1967），美国诗人、传记作者、新闻记者。

致父母亲

双亲大人膝下：

离家三月，尚未接家中只字；试思远游万里之人将何以为情乎！美术学院开课两星期矣。男之成绩颇佳，屡蒙教员之奖许。美国人于此道诚不足畏也。男每日早入学，晚回寓，尚有时间研究文学。昨结识一位浦西夫人。伊有中国画幅古瓷多种而不识其年代，特约男午餐，借代为迻译。此妇人甚有学问，认识此处美术文学界有名人甚多。伊已与男两封介绍信，一致美国最有名诗人山得北①先生，又一致《诗》（美国有名杂志）总编辑并著名批评家孟禄女士②。此后可以与此邦第一流文人游，此极可贵之机会也。

现与男同居者钱君而外又有刘君聪强③。吴君泽霖本在芝城，现已往威士康新大学。然清华同学在此者仍不下二十人也。

敬请

金安！

男　一多

① 今通译作卡尔·桑德堡。

② 今通译作哈丽特·门罗。

③ 刘聪强，字中慧，清华1922级毕业生。

致梁实秋　其三

实秋：

《红烛》寄来了。因为这次的《红烛》不是从前的《红烛》了，所以又得劳你作第二次的序。我想这必是你所乐为的。放寒假后，情思大变，连于五昼夜作《红豆》五十首。现经删削，并旧作一首，共存四十二首为《红豆之什》。此与《孤雁之什》为去国后之作品。以量言，成绩不能谓为不佳。《忆菊》《秋色》《剑匣》具有最浓缛的作风。义山、济慈的影响都在这里；但替我闯祸的，恐怕也便是他们。这边已经有人诅之为堆砌了。我前次曾告你原稿中被删诸首，这次我又删了六七首。全集尚余百零三首，我还觉得有删削的余地。但是我自己作不定主意了。所以现在寄上的稿子随你打发；我已将全权交给你了。你也可以仿从前的故伎，将他们分成等差，超，上，中+者存之；余皆淘汰。你当然可以请景超作你的帮办大臣。但我要的是你们的意见，我并不想讨大众的好。假若《红烛》删得只剩原稿三分之二，我也不希奇。

我们两人的作品定要同时出世，我想这定能作到。我想我们在互作的序中，固不妨诚实地发表自己的意见，但也要避开标榜底嫌疑。这是我要请你注意的。

印刷定要在上海才好。我的弟弟在上海，初二次的校对我可以教他干。末次还是要你看过的。你同书局将交涉办妥了，印费须付多少，请你写信告诉我的哥哥（他的通讯处附后）叫书局向他领取。我想印费只可在出版以前付他一半或三分之一。不然我便拿不出了。我不便向我家里索款，我只好自己省着，再在这里借点，凑成这笔款项。因为经济的关系，所以我从前想加插画的奢望，也成泡影了。封面上我也打算不用图画。这却不全因经济的关系。我画《红烛》底封面，更改得不计其次了，到如今还没有一张满意的。一样颜色的图案又要简单又要好看，这真不是容易的事（这可奇怪了，我正式学了画，反觉得画画难了——但这也没有什么可怪的)。我觉得假若封面的纸张结实，字样排得均匀，比一张不中不西的画，印得模模糊糊的，美观多了。其实 design 之美在其 proportion① 而不在其花样。附上所拟的封面底格式，自觉大大方方，很看得过去。但是那里一块纸是要贴上去的。这样另费一次手续，也许花钱还是不少。但我宁可这样花钱，花得稳当多了，划算多了。还有一层理由：我画出的图案定免不了是西洋式；我正不愿我的书带了太厚的洋味儿(今天我带黄荫普、何运暄、宋俊祥、雷海宗、姚崧龄等去逛 Field Museum② 同 Art Institute Museum③，我不引他们久看西洋画，而到有中国底美术品之处，我总对他们讲解赞叹，他们莫名其妙了）。书内纸张照《雪朝》《未来之花园》底样子。封面底纸张也应厚如《雪朝》的；颜色不论，只要深不要浅，要暗不要鲜就行了。书内排印格式另详附样。售价多则六角，少则五角。

以上是《红烛》的计划。《荷花池畔》既定同时出世，当然最妙是一切仿此（除了封面底纸张可以换一颜色以资区别）。只看你愿意否？你嘱我画《荷花池畔》底封面，依我的提议，当然是用不着

---

① proportion 指“设计之美在其比例均衡。”

② Field Museum，菲尔德自然历史博物馆。

③ Art Institute Museum，应指芝加哥艺术博物馆。

了。实秋！我老实告诉你，我真画不出使我满意的一张图案来，我更信在中国定印不出一张使我满意的图案来。等我们出第二本集子时，我定在中国了；那时我定能弄出一本真正地 artistic 的书来。

讨厌的 business 讲完了，可以闲谈几句了。我近来认识了一位 Mr. Winter，是芝加哥大学底法文副教授。这人真有趣极了。他是一个有"中国热"的美国人。只讲一个故事，就足以看出他的性格了。他有一个中国的大铁磬。他讲常常睡不着觉，便抱它到床边，打着它听它的音乐。他是独身者，他见了女人要钟情于他的，他便从此不理伊了。我想他定是少年时失恋以至如此；因为我问他要诗看，他说他少年时很浪漫的，有一天他将作品都毁了，从此以后，再不作诗了。但他是最喜欢诗的。他所译的 Baudelaire① 现在都在我这里。我同他过从甚密。他叫我跟他合同翻译我的作品。他又有意邀我翻译中国旧诗。我每次去访他，我们谈到夜深一两点钟，我告辞了，我走到隔壁一间房里去拿外套，我们在那间房里又谈开了，我们到门口来了，我们又谈开了，我们开着门了，我们在门限上又谈开了，我走到楼梯边了，我们又谈开了；我没有法子，讲了"我实在要回去睡觉了！"我们才道了"good night"，分散了。最要紧的，他讲他在美国待不住了，要到中国来。一星期前我同张景钺（现从他读法文）联名替他写了一封介绍信给曹校长了，荐他来教法文。只不知道他的运气怎样，母校的运气怎样。你们如果有法子为他 push 一下，那就为清华造福不浅了。我从来没有看见这样一个美国人！还有一件有趣的事，他没有学过画，他却画了一幅老子底像。我初次访他，他拿着灯，引我看这幅油画，叫我猜这是谁。我毫不犹疑地说："是老子？""果然是老子！"他回道。他又 copy 了几幅丈长的印度的佛像画。这些都挂在他的房子里。他房子里除几件家伙

① Baudelaire，波德莱尔。

外，都是中国、印度或日本底东西。他焚着有各种的香，中国香，印度香，日本香。

承你寄来的各种诗集杂志都收到了。《创造》里除郭、田两人外无人才。《未来之花园》在其种类中要算佳品。它或可与《繁星》并肩。我并不看轻它。《记忆》《海鸥》《杂诗》（五三页）《故乡》是上等的作品，《夜声》《踏梦》是超等的作品。“杀杀杀……时代吃着生命的声响”同叶圣陶所赏的“这一个树叶拍着那一个的声响”可谓两个声响的绝唱！只冰心才有这种句子。实秋！我们不应忽视不与我们同调的作品。只要是个艺术家，以思想为骨髓也可，以情感为骨髓亦无不可；以冲淡为风格也可，以浓丽为风格亦无不可。徐玉诺是个诗人。《蕙底风》只可以挂在“一师校第二厕所”底墙上给没带草纸的人救急。实秋！便是我也要骂他诲淫。与其作有情感的这样的诗，不如作没情感的《未来之花园》。但我并不是骂他诲淫，我骂他只诲淫而无诗。淫不是不可诲的，淫不是必待诲而后有的。作诗是作诗，没有诗而只淫，自然是批评家所不许的。全集中除你已加圈的《谢绝》外，我还要加一个圈在《画是》上——

画是失路的鸦儿，
彷徨于灰色的黄昏。

颇有意致，薄有意致。

久未通音，竟积起了这多的话。夜深了，再谈吧。祝　你冬安！

一多启

三分邮票就把两条好汉从东半球送到西半球来了，贱么要算贱极了！但你们也太贱了哦！五柳先生不以五斗米折腰；两条好汉竟

为三分邮票把腰身折断了。

“单矢易断，众矢难折”。文学社底全体却平安地到了芝城。

信写完了，搁了一天。今早又接到你十一月二十五日一信并《努力》之评论。实秋，我们所料得的反对同我们所料得的同情都实现了。我们应该满意了。郭沫若来函之消息使我喜如发狂。我们素日赞扬此人不遗余力，于今竟证实了他确是与我们同调者。《密勒氏评论》不是征选中国现代十二大人物吗？昨见田汉曾得一票，使我惊喜，中国人还没有忘记文学。我立即剪下了一张票格替郭君投了一票，本想付邮，后查出信到中国时选举该截止了，所以没有寄去。本来我们文学界的人不必同军阀，政客，财主去比较长短，因为这是没有比较的。但那一个动作足以见我对于此人的敬佩了。

文学社出版计划既已打消，前回寄上的稿子请暂为保留。那里我还没有谈到《女神》的优点，我本打算那是上篇，还有下篇专讲其优点。我恐怕你已替我送到《创造》去了。那样容易引起人误会。如没有送去，候我的下篇成功后再一起送去罢。

文学社出版计划取消也好。我们从此可以随时送点东西给《创造》也不错。如果《红烛》排印费时过久，请你替我抄几首送给《创造》登登，《荷花池畔》也可以照办。因为我们若要抵抗横流，非同别人协力不可。现在可以同我们协力的当然只有《创造》诸人了。

又及。

承答一首及《小河》都浓丽的像济慈了。我想我们主张以美为艺术之核心者定不能不崇拜东方之义山，西方之济慈了。我想那一天得着感兴了，定要替这两位诗人作篇比较的论文呢。

《冬夜草儿评论》收到了。这点玩艺儿大致还不差，只是校对者没有将落叶扫得干净，殊为憾事。现在销路如何？出版后有何影响？

这都是我急要知道的。一切经理底手续，麻烦了你，太对不起你了。

你嘱我作《荷花池畔》底序，我已着手了。但我很想先看到一部全集底原稿。你能抄一个副本给我吗？《红荷之魂》《题梦笔生花图》《送一多游美》《答一多》《小河》《幸而》《秋月》《旧居》《对情》，这些我都有存稿，就不必再抄。我想想我们很可怜，竟找不到一位有身价的人物替我们讲几句话，只好自己互相介绍了。但是我们的主张在现代的诗坛里恐怕只有我们自己懂得吧。此候　文安。毓琇，景超，毅夫诸友问候。

一多自芝城

十一，廿六。

致闻家驷

驷弟：

我答应你两星期前回信，直到现在才实行，真对不起。

我现在可以批评你的笔记了。

王光祈所讲外国人居室陈设华丽底原因未必尽实。这些只是相对的说法，未必是绝对的。你说外国的社会经过艺术化，更不实在。你又说中国美术向来不发达。“向来”当改为“近来”。唐宋之美术之发达据西人之考据真是无可比伦。江浙人宁饿着肚皮穿好衣服，他们这一点确乎是比较的可取一点。若说中国人十分轻美术也不对。诗在各种艺术之中所占位置很高（依我的意见比图画高），但诗之普遍诚未有如中国者。在中国几乎无处没有诗。穷家小户至少门联是贴得起的。门联上写的不是诗是什么？至于从前科举时代，凡是读书过考，谁不要会作几句诗。至于读诗更是普遍了。《唐诗三百首》《千家诗》一类的课本西方是找不出的。

东方之具形美术（即图画、雕刻、建筑）所以比较地不发达，而文学反而发达——这亦非偶然。图画等艺术须耗费物料甚多然后才能完成。中国人物质文明不发达，故多费物料即成奢侈，盖物质不发达，不能浪费也。文学或诗之创造可以绝对不依赖于物质。我能作一首诗，口里念出来，我的诗就存在了（连写都不必写）。但图画必依赖笔墨纸等物而后存在。仅一概念不成图画也。中国人穷，花不起钱，诗却可以尽量地做，毫无消耗。诗是穷人底艺术，故正合物质穷困的中国人。

还有一个原因就是中国人贱视具形美术，因为我们说这是形式的，属感官的，属皮肉的。我们重心灵故曰五色乱目，五声乱耳。这种观念太高，非西人（物质文化的西人）所能攀及。

我现在着实怀疑我为什么要学西洋画，西洋画实没有中国画高。我整天思维不能解决。那一天解决了我定马上回家。

有一个多月没有作诗。上星期作了一篇批评郭译莪默底文，寄回国来了。我希望第五期的《创造》可以登出。

听说《清华周刊》底文艺增刊要登我的《忆菊》，你看见过否？这是我的一篇得意之作，朋友们懂诗与否的莫不同声赞赏。你爱读否？

寄钧弟底信看见否？草此，便问　近好！

兄　多

二，十。

致母亲

今日为此邦之母日，子女皆有礼物奉赠母亲。且各于衣襟攒上一鲜花，以示孝思。母在者花色红，母亡者花色白。今日居停主妇推户而入，笑容可掬，延男与钱君观其三女所遗之花朵及贺帖。是时男寸心怦动，而慈颜远隔感可知也！归而书此，恭祝母亲万福金安！然花不可寄，贺帖亦不适用。（贺帖书吉语或短诗数句，可由坊间购得，但皆为英文，故不适用）。居停知男为诗人，嘱男自为一诗，奉遗

吾母。顾吾作诗即佳，能胜古人？爰录孟东野《游子吟》以表孺怀：

> 慈母手中线，游子身上衣，临行密密缝，
> 意恐迟迟归。谁知寸草心，报得三春晖！

然男更有礼物丰于一切礼物者，则近日有两友见男，一曰“你长胖了”，一曰“这里几个人，只有你面多血色”。男以赤色书此，① 一以表吾母之寿，犹美国人之佩赤花然，一以示男面之血色，庶吾母观此书，犹对男面耳。书毕复以俗语祝

---

① 此函是用粉色纸写红色字。

吾母“寿比南山”！

男多　自美国芝加哥叩禀。

五月十三日，即此邦之母日。

致高孝贞　其一

贞：鉴、恕二人已到，据他们所谈，及带来买药账单，知小小妹病不甚轻。现在不知如何？医药费不可过爱惜，当用时就用。千万千万！实在情形当随时写信告我，不可隐瞒。如有必要，我可回来一次。鹤儿的药，医生教吃多少就吃多少，也不要大意。好在这回发薪，比我们预算的多，你用钱不必过省，因为究竟身体要紧。小小妹未取名，可名叫“湘”，以纪念我这次离开，特别想念她。

多

十月廿七日

致高孝贞　其二

贞：此次出门来，本不同平常，你们一切都时时在我挂念之中，因此盼望家信之切，自亦与平常不同。然而除三哥为立恕的事，来过两封信外，离家将近一月，未接家中一字。这是什么缘故？出门以前，曾经跟你说过许多话，你难道还没有了解我的苦衷吗？出这样的远门，谁情愿，尤其在这种时候？一个男人在外边奔走。千辛万苦，不外是名与利。名也许是我个人的事，但名是我已经有了的，并且在家里反正有书可读，所以在家里并不妨害我得名。这回出来唯一目的，当然为的是利。讲到利，却不是我个人的事，而是为你我，和你我的儿女。何况所谓利，也并不是什么分外的利，只是求将来得一温饱，和儿女的教育费而已。这道理很简单，如果你还不了解我，那也太不近人情了！这里清华、北大、南开三个学校的教职员，不下数百人，谁不抛开妻子跟着学校跑？连以前打算离校，或已经离校了的，现在也回来一齐去了。你或者怪了我没有就汉口的事①，但是我一生不愿做官，也实在不是做官的人，你不应勉强一个人做他不能做不愿做的事。我不知道这封信写给你，有用没有。如果你真是不能回心转意，我又有什么办法？儿女们又小，他们不懂，我有苦向谁诉去？那天动身的时候，他们都睡着了，我想如果不叫醒他们，说我走了，恐怕第二天他们起来，不看见我，心里失

① 指未就教育部职一事。

望，所以我把他们一个个叫醒，跟他说我走了，叫他再睡。但是叫到小弟，话没有说完，喉咙管硬了，说不出来，所以大妹我没有叫，实在是不能叫。本来还想嘱咐赵妈几句，索性也不说了。我到母亲那里去的时候，不记得说了些什么话，我难过极了。出了一生的门，现在更不是小孩子，然而一上轿子，我就哭了。母亲这大年纪，披着衣裳坐在床边，父亲和驷弟半夜三更送我出大门，那时你不知道是在睡觉呢还是生气。现在这样久了，自己没有一封信来，也没有叫鹤、雕随便画几个字来。我也常想到，四十岁的人，何以这样心软。但是出门的人盼望家信，你能说是过分吗？到昆明须四十余日，那么这四十余日中是无法接到你的信的。如果你马上就发信到昆明，那样我一到昆明，就可以看到你的信。不然，你就当我已经死了，以后也永远不必写信来。

多

二月十五日